내 안에 몬스터 있었다

내 안에 몬스터 있다 6

형상준 현대 판타지 장편소설

초판 1쇄 찍은 날 | 2017년 2월 17일
초판 1쇄 펴낸 날 | 2017년 2월 24일

지은이 | 형상준
펴낸이 | 예경원

기획 | 위시북스
편집책임 | 박우진
편집 | 이즈플러스

펴낸곳 | 예원북스
등록번호 | 제396-2012-000132호
등록일자 | 2012. 7. 25
KFN | 제1-075호

주소 | 경기도 고양시 일산동구 호수로 646-24 위너스21 II 빌딩 206A호 (우)10401
전화 | 031-819-9431 팩스 | 031-817-9432
E-mail | yewonbooks@naver.com

ISBN 979-11-6098-085-1 04810
979-11-5845-442-5 (set)

※ 이 도서의 국립중앙도서관 출판시도서목록(CIP)은 서지정보유통지원시스템 홈페이지(http://seoji.nl.go.kr)와 국가자료공동목록시스템(http://www.nl.go.kr/kolisnet)에서 이용하실 수 있습니다.

내 안에 몬스터 있었다
6
형상준 현대 판타지 장편소설
WISHBOOKS MODERN FANTASY STORY
Wish Books

내 안에 몬스터 있었다

CONTENTS

1장
다른 차원의 인간

사람 몸에서 마나석이 나왔다?

장대수의 말을 믿기 힘들었다. 하지만 장대수가 거짓말을 할 이유가 없었다. 게다가 장대수의 손에 들린 것은 마나석……. 인간의 몸에서 나왔다는 마나석이었다.

"흠……."

장대수의 손에 들린 마나석을 받아 살펴본 백진이 입을 열었다.

"B급 정도인가?"

백진의 중얼거림에 장대수가 고개를 끄덕였다.

"저도 그렇게 봅니다. 하지만 그 주인의 실력은 A급 수준이더군요."

"몬스터와 달리 인간은 전투 기술을 연마할 수 있으니까. 그런데…… 인간의 몸에서 마나석이라."

마나석을 보던 백진이 그것을 도원군에게 내밀었다.

"자네, 뭔가 알고 있나?"

백진의 말에 도원군이 마나석을 받았다. 그러고는 마나석을 잠시 보다가 입을 열었다.

"2년 전…… 국제 SG 협회 모임에서 중국 SG 강진 국장이 은밀히 나에게 접근을 했네."

"중국에서?"

"그때 인간의 몸에서 마나석이 나오는 것을 아느냐 묻더군."

"그럼 정말 인간의 몸에서 마나석이 나온다는 건가?"

백진의 물음에 도원군이 고개를 저었다.

"자네도 알다시피 인간의 몸에서는 마나석이 나오지 않네."

"하지만 이렇게 나오지 않았나? 게다가 중국에서도 인간의 몸에서 마나석이 나오는 것을 알고 있었다면…… 그들도 인간의 몸에서 마나석을 채취한 것이 아닌가?"

백진의 말에 도원군이 고개를 끄덕였다.

"자네 말이 맞네. 하지만…… 내 말은 우리 지구인들에게는 마나석이 나오지 않는다는 말이네."

"그 말은…… 설마?"

백진이 놀라 도원군을 바라봤다. 도원군은 잠시 그를 마주 바라보다 마나석으로 눈을 돌리곤 입을 열었다.

“같은 몬스터라도 지구 토종 몬스터들은 마나석이 나오지 않네. 마나석이 나오는 몬스터는 오직 게이트를 통과한 놈들이지. 즉…….”

마나석을 들어 보인 도원군이 입을 열었다.

“사람의 몸에서는 마나석이 나오지 않지만…… ‘게이트를 통과한 인간이라면 마나석이 나올 수도 있다’는 것이 중국 SG의 생각이더군.”

도원군의 말에 김호철과 백진들의 얼굴이 굳어졌다.

“이때까지 게이트에서 사람이 나온 적은 없는데…….”

“지구 전역에서 열리는 게이트…… 그리고 그중 사람이 사는 곳에 열리는 게이트는 극히 일부지. 우리나라야 땅 덩이가 워낙 좁고 사람이 많아 게이트가 열리면 아무리 변두리라도 잡아내고 막아내지만 미국이나 중국, 유럽과 같은 경우는 쉽지 않지.”

“그럼 그런 곳에서 게이트를 통과한 사람이 있다?”

“그건 모르지. 하지만 일단 게이트를 통과해 나온 인간은 있는 것 같아. 그리고 이 마나석이 증거지.”

도원군이 마나석을 들어 보이는 것에 백진이 굳은 얼굴로 그를 바라보았다.

“그 사실을 왜 알리지 않은 건가?”

"이 사실을 아는 것은 극히 일부네."

"그 극히 일부에 내가 들어갈 자격이 없다는 건가? 아니면…… 나를 믿지 못한다는 건가?"

백진의 물음에 도원군이 한숨을 쉬며 고개를 저었다.

"내 자네를 알고 지낸 후, 내 자신보다 믿는 사람이 바로 자네네. 다만…… 강진과 약속을 했기 때문에 말을 하지 못했을 뿐이네."

"무슨 약속?"

"뻔하지 않은가 남에게 말을 하지 말아달라는 것이지."

도원군의 말에 백진이 고개를 끄덕였다. 도원군의 성격상 약속을 했다면 그 누구에게도 말을 하지 않았을 것이다.

"약속을 했다면…… 어쩔 수 없지."

"이해해 주니 고맙네."

"그래, 그 강진이 뭐라고 말을 하던가?"

백진의 물음에 도원군이 입을 열었다.

"중국 능력자들이 언제부터인가 하나둘씩 실종되는 사건이 벌어졌네."

"실종 사건?"

"그래, 처음에는 외국으로 망명을 갔나? 아니면 어디에 숨어 살고 있나? 하는 생각을 했는데 사라진 자들 중 하나가 중국 SG 중 한 명과 친한 사이였던 모양이야. 연락도 없이 사라진 친구가 걱정이 돼 SG가 따로 조사를 했는데 그러다 수상한 능력자들을 포착한 거지.”

도원군의 설명에 의하면 수상한 능력자들이 중국 능력자들의 주위를 감시하는 것이 발견되었다. 그것도 은거를 하거나 어디에 소속이 되지 않은 능력자들…….

그래서 중국 SG들이 그들을 검거하려 했다. 그런 상황에서 싸움이 벌어졌고, 그 수상한 자들을 죽였는데 그들에게서 마나석이 나온 것이다.

능력자들이 몬스터의 몸에서 마나석을 채취할 수 있는 것은, 몬스터가 죽으면 마나석이 있는 부분에서만 마나가 느껴지기 때문이다.

능력자들이 죽으면 마나가 흩어지며 사라지는데 죽은 자들에게서 여전히 마나가 느껴지니 이상함을 느낀 중국 SG들이 죽은 자들의 몸을 가른 것이다.

그리고 죽은 자들에게서 마나석이 나왔다.

중국은 이 일을 철저하게 비밀로 했고 시체를 연구실로 옮겼다. 인간 형태를 한 몬스터인지 조사하기 위해서…….

“하지만 인간이었네.”

“인간인데 마나석이 나온다라…….”

도원군과 백진의 대화를 듣고 있던 김호철이 입을 열었다.

“있을 수 있는 일 아니겠습니까?”

처음에는 사람의 몸에서 마나석이 나왔다는 말에 김호철도 놀랐다. 하지만 생각을 해보니 충분히 나올 수 있는 일이었다.

김호철의 말에 도원군과 백진이 그를 바라보았다. 그 시선을 받으며 김호철이 옆에 데스 나이트를 소환했다.

"이름."

"칼 폰 루이스."

자신의 이름을 말하는 데스 나이트를 보며 김호철이 백진을 바라보았다.

"전에 협회에서 게이트 조사 의뢰가 왔을 때 조 선비님에게 이런 말을 했습니다. 게이트 너머에 사람이 있는 건 당연한 것 아니냐고요."

"그 이야기는 보고 받았네."

"보시면 제 데스 나이트는 이름도 있습니다. 그것도 칼 폰 루이스라는 중세 귀족틱한 이름을요."

"게이트 너머에 왕국을 이룰 정도로 번성된 문명이 있다는 것 정도는 우리도 인지하고 있네."

백진의 답에 고개를 끄덕인 김호철이 말했다.

"그럼 그 세계 인간이 지구로 넘어오는 것도 당연한 것 아닙니까? 우리 쪽에서도 사람을 보내는데 그쪽이라고 사람을 보내지 말라는 법은 없습니다. 그리고 게이트를 통과한 몬스터에게서 마나석이 나온다는 전제를…… 게이트를 통과하는 생명체로 바꾼다면 사람의 몸에서 마나석이 나오는 것도 가능합니다."

김호철의 말에 백진과 도원군이 서로를 바라보았다.

"당연하다는 말이…… 이렇게 당연하게 들린 적은 처음이군."

"그러게 말이네. 너무나 당연한 소리인데 왜 이제껏 이런 생각을 하지 못했나 모르겠군."

두 사람의 중얼거림에 김호철이 말했다.

"그리고 데스 나이트를 보면 아시겠지만 이곳보다 게이트 너머는 마법과 검이 발전한 판타지 세상일 것입니다."

"판타지 세상이라……."

데스 나이트를 보며 중얼거리는 도원군을 보며 김호철이 말했다.

"그리고 지금 중요한 것은 인간의 몸에서 마나석이 나왔다는 것이 아닙니다."

"알고 있다."

도원군이 소주잔을 들어 한 모금 마시고는 입을 열었다.

"지금 중요한 것은 게이트 너머의 놈들이 우리 세상에서 무슨 짓을 하고 있다는 것이지."

도원군의 말에 김호철이 고개를 끄덕였다.

"중국에서 연고 없는 능력자들이 실종된다는데…… 우리

나라에는 그런 신고 들어온 것 없습니까?"

"아직까지는 없군. 그리고 연고가 없다는 말은 신고를 해줄 사람도 없다는 말이니 실종이 되었어도 알기 힘들 것이야."

도원군이 장대수를 바라보았다.

"너도 잡아가려고 주위를 살폈던 모양이다."

"이럴 줄 알았으면 잡혀가 볼 것을 그랬군요. 뭐 하는 짓들인지 알아도 볼 겸."

도원군과 장대수의 말을 듣던 백진이 입을 열었다.

"그런 쓸데없는 소리 하지 말고……. 그래서 그들에 대한 것을 조사는 하고 있는 것인가?"

백진의 물음에 도원군이 고개를 끄덕였다.

"SG 특무대가 전국을 돌며 등록되지 않은 능력자들에 대한 조사를 하고 있네."

"특무대라……. 우리 애들도 붙이겠네."

"그들이 눈치를 채지 못하게 소수만 운용하는 것이니 자네는 움직이지 말게."

"그래도……."

백진의 말에 고개를 저은 도원군이 김호철을 바라보았다.

"게이트 너머에서 온 놈들이 무슨 생각을 가지고 있다 생각을 하느냐?"

"제 생각이 도움이 되시겠습니까?"

"네 말대로 우리가 당연한 일을 당연히 생각하지 못한 것은 우리가 능력자로서 게이트와 너무 가까이 지냈기 때문일 것이다. 게이트에서 몬스터만 나온다는 생각 때문에 인간이 나올 수도 있다는 것을 생각하지 못한 것이지."

잠시 말을 멈춘 도원군이 김호철을 보며 말을 이었다.

"하지만 너는 각성한 지 그리 오래되지 않았으니 일반적인 시선을 가지고 있을 것이다. 그 일반적이고 당연한 생각을 듣고 싶다."

도원군의 말에 김호철이 잠시 생각을 하다가 말했다.

"일단 여기서 가장 중요한 것은 그들이 무슨 생각으로 지구로 넘어왔냐는 것입니다."

"사람들을 잡아가는 것을 보면 좋은 의도라 볼 수는 없겠지."

"그렇습니다. 그리고 가장 중요한 것은 그들이 넘어오는 방법과 넘어가는 방법입니다."

"게이트를 통해서 오지 않았을 것이라 생각하는군."

"게이트는 너무 눈에 띄죠. 그리고 어디에 열릴지 알 수도 없고……. 하지만 만약 그들이 게이트를 통해 들어온다면 그것은 더 큰 문제입니다."

김호철의 말에 도원군이 고개를 끄덕였다.

"옳은 말이군."

"흠……."

심각한 도원군과 백진의 모습에 장대수가 물었다.

"뭐가 그리 심각합니까?"

장대수의 물음에 김호철이 그를 바라보았다.

"그들이 게이트를 통해 그들 세상으로 가고 이 세상으로 올 수 있다면…… 그들은 자신들이 원하는 곳과 시간에 게이트를 열고 닫을 수 있다는 것입니다."

"호오! 그게 가능해?"

"모르죠. 하지만 그들은 지구에 비해 마법이 월등히 발전이 되어 있을 겁니다. 그 마법을 이용한다면 불가능할 것 같다는 생각은 들지 않습니다."

말과 함께 김호철이 도원군들을 바라보았다.

"그리고 조금 걱정이 되는 것도 있습니다."

"뭔가?"

"우리 지구에서도 게이트를 통해 사람들을 보냈습니다."

"보냈지."

"게이트 너머 사람들이 지구 능력자를 납치하고 있다는 것은 최소한 그들이 우리에게 호의적은 아니라는 것입니다. 아니, 적으로 인식을 하고 있을 수도 있습니다. 그렇다면…… 그곳으로 보내진 지구 사람들은 어떻게 되었을까 하는 것입니다."

김호철의 말에 도원군과 백진들의 얼굴이 굳어졌다. 한국에서 게이트를 통해 보낸 인원 중 많은 수가 SG와 조선 길드와 연관이 있었다.

일말의 희망……. 게이트 너머에도 사람이 살고 있으니 그곳에서 살아 있을 수도 있다 생각했는데 지금 말을 나눠보니 적진이나 다름없지 않은가.

"하지만 지금은 정보가 거의 없으니 지금 나누는 이야기는 모두 가정일 뿐입니다."

김호철의 말에 도원군이 고개를 끄덕였다.

"맞는 말이군. 가정은…… 가정일 뿐이지."

"중요한 것은 잡든 회유를 하든 그들이 어디에 있는지를 찾아야 한다는 것입니다."

"방법이 있나?"

도원군의 물음에 김호철이 잠시 생각을 하다가 말했다.

"신의 교단도 숨어 있었기에 찾기 힘들었던 겁니다."

"그 말은…… 그들이 나오게 해야 한다는 건가? 어떻게?"

"신의 교단이 양지로 나오게 된 이유 중 하나는 그들의 뒤를 쫓는 자가 있음을 알았기 때문입니다."

"지금도 그들을 중국과 한국이 쫓고 있는데?"

"나라에서 쫓는 것과 개인이 쫓는 것이 같을 수는 없습니다."

"그럼 자네 말은……."

"누군가가 게이트에서 사람이 나올 수 있는 것이 아닌가 하는 의문을 품고 조사를 하고 있다는 이야기를 슬쩍 흘린다면…… 그들이 그자를 찾아갈 것입니다."

가고일 두 마리가 파란 천을 양손으로 잡은 채 하늘에 떠 있었다.

펄럭! 펄럭!

그런 가고일 사이, 정확하게는 파란 천 위에 김호철이 드러누워 있었다.

'괜한 이야기를 한 건가?'

파란 하늘에 떠 있는 것만 아니라면 김호철은 참 편안한 모습이었다. 마치 휴양지에 있는 그물 침대에 누워 있는 것처럼 말이다.

편안하게 천 위에 누워 하늘을 멍하니 보고 있던 김호철이 몸을 돌렸다. 그러고는 슬쩍 천을 잡아당겨 밑을 바라보았다.

김호철의 밑으로 작은 도시의 모습이 훤히 내려다보였다. 물론 지금 김호철의 시선에 작게 보이는 것이지, 실제로는 거대한 도시…….

도시를 가만히 내려다보던 김호철이 귀에 꽂아놓은 이어

폰을 손가락으로 눌렀다.

"별일 없습니까?"

김호철의 말에 작은 소리가 들렸다.

-톡톡!

작게 두들기는 소리를 들은 김호철이 한숨을 쉬며 다시 몸을 돌렸다.

정해진 신호가 온 것을 보면 아무런 일도 벌어지지 않고 있는 것 같았다.

"괜히 이야기를 한 거야……. 괜한 이야기를 했어."

작게 중얼거리던 김호철이 신경질이 나는 듯 허공에 발차기를 하며 소리쳤다.

"아후! 제기랄!"

그러고는 벌떡 일어났다.

쫘아악!

김호철이 갑자기 벌떡 일어나는 것에 가고일이 뒤로 물러나며 천을 좌우로 활짝 펼쳤다. 혹시라도 김호철이 떨어질까 싶어 천을 넓게 잡은 것이다. 가고일이 그러든 말든 김호철이 뒤를 돌아보았다.

"이리 와."

김호철의 부름에 뒤에서 날고 있던 가고일이 다가왔다. 가고일이 들고 있는 봉지 안에는 간식거리와 음료들이 들어 있었다. 가고일 둘이 김호철이 누워 있는 천을 잡고 있다면 다른 하나는 그가 먹을 간식거리를 들고 있는 것이다.

봉지를 뒤적이던 김호철이 맥주캔을 꺼내다가 한숨을 쉬었다.

"제길……."

마음 같아서는 맥주라도 한잔 마시면서 기다리고 싶지만 취하기라도 하면 밑에서 미끼가 되고 있는 사람이 위험하다.

집어 든 맥주를 봉지에 넣은 김호철이 물을 꺼내 마셨다.

"꿀꺽! 꿀꺽!"

물을 단숨에 마신 김호철이 입맛을 다셨다.

"괜히 이야기를 한 거야. 괜히 이야기를 했어."

장대수와의 일전이 있은 후 도원군은 백진과 함께 김호철이 얘기한 계획을 실행했다. SG에서 사무직을 주로 하는 대원 한 명을 평범한 헌터로 위장시킨 후 게이트에 대한 것을 조사하는 역할을 맡겼다.

조사라고 해도 인터넷을 통한 것이었다. 너무 조심히 조사를 하면 상대가 알아차리지 못할 수도 있으니 말이다. 그래서 흔적을 남기며 조사를 했다. 물론 너무 대놓고 흔적을 남기지 않는 선에서…….

그리고 놈들이 나타날 경우를 대비해 김호철이 이렇게 하늘에 떠서 살피고 있는 것이다. 미끼를 문 놈들을 잡기 위해서 말이다.

하지만 문제는…… 미끼를 놈들이 언제 물지 알 수 없다는 것이었다.

"하지 말 것을 그랬어."

미끼를 지키는 일을 부탁받았을 때 김호철은 거절을 하려 했다. 지금과 같은 상황을 어느 정도는 예상했던 것이다. 하지만 도원군과 백진은 이 일이 아주 중함을 말하며 간곡하게 부탁을 했다.

"자네는 하늘을 날 수 있으니 놈들의 시야에 벗어나 지킬 수 있네."

"게다가 이 일은 소수로 움직여야 하는 일이라 잘못하면 우리 대원이 다치거나 죽을 수도 있고 놈들을 놓칠 수도 있네."

"그래, 그러니 자네가 나서줘야 해. 자네는 놈들을 충분히 상대할 수 있는 힘도 있고, 도망치는 놈들을 쫓게 할 수 있는 몬스터들이 있지. 그러니 이번 일, 자네가 나서주게."

이런 설득에도 김호철은 그저 시큰둥했다. 자신과는 상관없는 일이라 생각을 했던 것이다.

하지만 곰곰이 생각을 해보니 궁금했다. 게이트 너머에서 온 자들이 무슨 생각을 가지고 있는지가 말이다.

그래서 결국 수락했다. 하지만 지금 생각해 보면 거절할 것을 하는 후회가 들었다.

"하아! 호기심 때문에 사람이 죽는다고 하던데…… 쩝!"

그런 생각을 하던 김호철이 몸을 일으켰다. 가고일에게 자신을 잘 잡으라 하고는 바지춤을 내렸다.

쪼르륵! 쪼르륵!

하늘에서 바지를 내리고 오줌을 좌우로 갈기는 김호철이 피식 웃었다.

"설마 맞는 사람은 없겠지?"

큰 것은 참을 만했지만 소변까지 참을 수는 없다. 그렇다고 오줌을 싸겠다고 지상까지 내려갔다가 다시 올라오는 것도 귀찮고…….

그래서 김호철은 오줌이 마려우면 그냥 하늘에서 사방으로 갈겼다. 워낙 높은 하늘에서 싸는 거라 바람에 흩어져 땅에 떨어질 때는 이슬보다도 작게 쪼개져 있을 것이다.

그런 생각을 하며 소변을 본 김호철이 허리를 몇 번 허공에 튕기고는 바지를 올렸다.

"하아!"

한숨을 쉰 김호철이 다시 하늘을 올려다보았다.

"육포하고 오징어를 사 가지고……."

육포와 오징어를 씹으면 그래도 시간이 잘 갈까 생각을 하던 김호철의 귀에 소리가 들렸다.

–톡!

하늘을 올려다보던 김호철이 급히 고개를 숙였다.

'긴급 신호!'

가볍게 한 번 들린 톡 소리. 이건 바로 오라는 신호였다. 생각과 함께 김호철이 그대로 천에서 뛰어내렸다. 그와 함께 하늘에 떠 있던 가고일이 뇌전이 되어 그의 몸으로 흡수되었다.

김호철이 밑을 바라보았다.

파앗!

수직으로 떨어지는 김호철의 몸에 데스 나이트의 갑옷이 입혀졌다.

철컥! 철컥!

그와 함께 김호철의 등으로 뇌전의 날개가 솟구쳤다.

파지직! 파지직!

휘이익! 휘이익!

미친 듯이 빠르게 땅으로 떨어지며 김호철이 소리쳤다.

"5초! 5! 4! 3! 2!"

카운트다운을 하는 김호철의 눈에 빠르게 가까워지는 땅과 빌라가 보였다.

그리고…….

"1! 숙여!"

외침과 함께 김호철이 빌라의 옥상을 뚫고 들어갔다.

콰아앙!

옥상을 뚫고 들어가는 것과 동시에 김호철의 몸에서 뇌전이 뿜어졌다.

파지직! 파지직!

김호철은 곧바로 뇌전을 다시 흡수했다. 죽이려고 뿜은 것이 아니라 제압을 하기 위해 뿜은 것이다.

김호철의 손에 창이 잡혔다.

화아악!

창이 잡히는 것과 동시에 그 손이 빠르게 움직였다.

채채채채챙!

창의 움직임에 맞춰 금속음이 요란하게 울려왔다.

'공격?'

김호철이 감지하지 못한 공격을 데스 나이트 다니엘이 막아낸 것이다.

파파팟!

다니엘의 창이 빠르게 전방을 찌르는 사이 김호철이 빠르게 주위를 살폈다. 바닥에는 미리 맞춰 놓은 신호에 따라 엎드린 SG가 보였다. 그리고 그 옆에 서 있는 한 중년인.

하지만 보인 것도 잠시, 중년인을 한 청년이 옆구리에 끼고는 창밖으로 몸을 날렸다.

파앗! 쨍그랑!

유리창을 깨고 밖으로 뛰어나가는 두 사람의 모습에 김호철이 소리쳤다.

"신고해!"

엎드려 있는 SG에게 소리를 친 김호철이 창밖으로 몸을 날렸다.

파앗!

창밖으로 나온 김호철의 눈에 근처 빌라 벽을 차며 도망을 치고 있는 두 놈이 보였다.

"어딜! 웨어 라이온!"

파지직! 파지직!

김호철의 손에서 뿜어진 뇌전이 웨어 라이온들로 변했다.

"크아아앙!"

"으르릉!"

괴성을 지르며 웨어 라이온들이 땅을 혹은 빌라 벽에 손을 박으며 그 뒤를 쫓았다.

"가고일!"

김호철의 외침에 가고일 두 마리가 허공에 모습을 드러냈다.

"저놈들 위를 날아!"

김호철의 지시에 가고일들이 빠르게 솟구치며 도망치는 자들의 위를 날기 시작했다.

지시를 내리는 한편 김호철 역시 두 놈의 뒤를 쫓고 있었다.

파파파팟!

“꺄아악!”

“몬스터다!”

김호철과 몬스터들을 본 사람들이 비명을 질러댔다. 도심 한가운데에 몬스터가 튀어나오니 사람들이 놀란 것이다.

하지만 김호철은 그들에게 신경을 쓰지 않았다. 전에 일본 놈들을 쫓아 달릴 때와는 달리 지금은 SG의 작전에 따라 움직이는 것…….

‘감옥에 갇히지는 않겠지.’

전처럼 감옥에 갇힐 일은 없을 것이다.

빠르게 도주하는 두 놈의 뒤를 쫓던 김호철의 눈에 젊은 놈 옆구리에 끼어 있는 놈이 보였다.

‘뭐 하는 거지?’

옆구리에 끼어 있던 놈이 작은 봉 같은 것을 꺼내 자신을 향해 겨누고 있었다.

그리고…….

쿵!

한 건물 벽을 박차던 김호철은 뭔가의 힘에 발이 미끄러지며 떨어졌다.

‘뭐야?’

순간적인 일에 놀랐던 김호철이 급히 손으로 건물의 벽을 찍으며 몸을 솟구쳤다.

'능력?'

김호철이 뇌전의 날개를 펼쳤다. 그리고 다시 두 놈을 쫓아 몸을 날렸다.

파지직! 파지직!

뇌전의 날개를 펼치며 날아가자 사람들의 외침이 들려왔다.

"블러드 나이트다!"

"꺄악! 오빠!"

블러드 나이트의 상징 중 하나인 뇌전의 날개를 사람들이 알아본 것이다. 그리고 날아가는 김호철의 뒤를 쫓아 달리는 사람들…….

하지만 김호철은 그런 것에 신경 쓰지 않았다. 자신을 쫓아 달린다고 날아가는 자신을 쫓을 수도 없는 일이고, 지금 김호철이 잡아야 할 것은 앞에서 죽을 똥을 싸며 달려가는 두 놈이었다.

'그런데…… 왜 이리 빨라?'

도망치는 젊은 놈은 엄청나게 빨랐다. 달리는 속도로만 본다면 무공을 익힌 고윤희보다 더 빠른 것 같았다. 속도와 관련이 있는 능력이 있나 싶었는데 그런 것 같지도 않았다. 아까 자신을 공격했을 때 손에 느껴지는 감각은 아주 무거웠다. 그것은 전문적으로 검을 익힌 자의 검격이었다.

'어쨌든…… 안 놓쳐!'

파지직!

뇌전의 날개가 더욱 커지며 김호철의 몸이 더 빠르게 나아가기 시작했다.

그런 김호철의 모습에 옆구리에 끼어 있던 자가 다시 짧은 봉을 들었다.

화아악!

짧은 봉에서 희미한 빛이 흘러나오자 김호철이 마나를 뿜어냈다.

파지직! 파지직!

"또 안 당해!"

무슨 능력인지는 모르지만 마나를 뿜어내 그 힘을 방어하려는 것이다.

그런데…….

화르륵! 화르륵!

짧은 봉에서 불꽃 화살이 김호철에게 날아들었다.

"저건? 마법?"

가상현실 게임에서 많이 본 파이어 에로우……. 지금 날아오는 불꽃 화살은 그것과 많이 닮아 있었다.

날아오는 불꽃 화살을 향해 김호철이 손을 내밀었다.

파지직! 퍼퍼펑!

김호철의 손에서 뿜어진 뇌전에 불꽃 화살이 터져 나갔다.

화르륵!

터져 나간 불꽃을 뚫고 나아간 김호철이 도망치는 사내 둘을 향해 정신을 집중했다.

"웨어 울프!"

김호철의 외침에 그의 몸에서 뇌전이 뿜어져 나갔다.

파지직! 파지직!

김호철의 몸에서 뿜어진 뇌전이 도망가는 사내의 뒤에서 뭉쳐졌다.

"크아악!"

뭉쳐지는 것과 함께 웨어 울프가 나타나더니 바로 공격을 했다.

파앗!

뒤에서 찔러오는 웨어 울프의 공격에 젊은 놈이 땅을 박차며 옆구리에 끼고 있던 사내를 집어 던졌다.

부우웅!

허공에 던져진 사내가 봉을 잡고 뭐라 외치자 그 몸이 하늘을 날아갔다.

그리고 젊은 놈이 웨어 울프를 향해 검을 휘둘렀다.

파파팟!

순식간에 썰려 버리는 웨어 울프…….

파지직!

뇌전이 되어 돌아오는 웨어 울프와 함께 젊은 놈의 앞에 도착한 김호철이 창을 들어 올렸다.

김호철이 창을 들자 젊은 놈의 얼굴에 놀람이 떠올랐다.

"디스……."

디스라는 말과 함께 뒤에 뭐라 뭐라 하는 말이 들렸지만 김호철은 그 말을 알아들을 수가 없었다.

다만…… 디스라는 말만은 알아들었다.

'디스? 다니엘의 이름에 들어가는 건데?'

다니엘 폰 디스.

그것이 다니엘의 이름이다. 그런 다니엘의 성, 디스를 상대방이 말을 하고 있는 것이다.

힐끗!

슬쩍 시선을 올린 김호철의 눈에 하늘을 날아가는 중년인을 쫓아가는 가고일이 보였다.

'잡아.'

가고일에게 중년인을 잡으라 명한 김호철의 몸에서 검은 기운이 뿜어졌다.

그리고 모습을 드러낸 칼…….

"가서 잡아."

김호철의 말에 칼이 땅을 박차며 날아가는 중년인의 뒤를 쫓았다.

그 모습에 청년이 칼의 앞을 막으려 했다. 하지만…….

스윽!

청년의 움직임이 멈췄다. 김호철이 창을 들어 그를 겨눈 것이다.

움직이는 순간 창이 자신을 뚫을 것을 느낀 청년이 검을 가슴으로 끌어 올렸다.

그런 청년을 보던 김호철이 정신을 집중했다. 물론 청년을 향한 정신 집중이 아니다. 가고일에게 칼을 안아 들고 중년인을 쫓으라 명령을 내린 것이다.

하늘에 떠 있던 가고일이 하강을 하는 것을 힐끗 본 김호철이 청년을 바라보았다.

"한국말 할 줄 알아?"

김호철의 말에 잠시 그를 보던 청년이 고개를 끄덕였다.

"할 수 있다."

"잘됐네. 그럼 이야기 좀 하지."

"이야기?"

"보니까 너는 저 사람이 도망칠 시간을 벌려고 여기 남은 것 같은데…… 그러니까 시간 벌게 해줄 테니 이야기나 좀 하자는 거다."

김호철의 말에 청년이 굳은 얼굴로 그를 보다가 고개를 끄덕였다. 그렇지 않아도 시간을 벌어야 했다. 그런데 싸우지 않고 말로 시간을 벌 수 있다면 그도 다행이다. 게다가 사람들이 하나둘씩 모여들고 있다. 잘하면 사람들을 이용해 도망을 칠 찬스가 생길 수도 있다.

"네 궁금함을 덜어줄 생각은 없다."

"뭐, 중요한 이야기를 나누자는 것은 아니니까 긴장은 하지 말고……."

잠시 말을 멈췄던 김호철이 입을 열었다.

"나에 대해 알지?"

"블러드 나이트…… 데스 나이트와 합체를 하는 능력자. 요즘 유명하니까."

"이 데스 나이트를 아는 것 같던데?"

"디스 가문의 창법은 명성이 높으니까."

디스 가문이란 말에 김호철의 눈이 반짝였다.

'역시.'

"디스 가문이라……. 그럼 역시 넌 게이트 너머에서 왔구나."

"아니다."

아니라고 부정을 하는 청년을 보며 김호철이 피식 웃었다.

"아니라고 말해도 믿지 않으니까. 그냥 너는 게이트 너머에서 왔다는 전제로 이야기하자고.”

“마음대로 생각해라.”

“그래, 마음대로 생각을 할 거야. 그런데 너희들 몸에서 마나석 나온다고 하던데, 게이트 넘어오면 다 마나석이 생기는 거냐?”

“모른다.”

“몰라? 그럼 마나석이 생기기는 한다는 거네? 어떻게 생기는 건지는 몰라도?”

“아니다!”

“아! 알았어.”

웃으며 청년을 보던 김호철이 투구를 위로 올렸다.

철컥!

얼굴을 드러낸 김호철이 청년을 보며 말했다.

“난 김호철이라고 하는데 너는 이름이 뭐지?”

“…….”

답을 하지 않는 청년을 보며 김호철이 웃었다.

“이름 정도는 괜찮지 않나? 아니면…… 싸울까?”

김호철이 창을 들자 청년이 그를 보다가 입을 열었다.

“로엘 폰 사우스.”

“로엘 폰 사우스라……. 그럼 로엘이라 부르면 되지?”

“마음대로.”

"능력자들 납치를 왜 하는 거야?"
"우리가 아니다."
"모른다가 아니라 우리가 아니다?"
꿈틀!
얼굴이 굳어지는 청년을 보던 김호철의 얼굴이 굳어졌다.
'게이트에서 넘어온 자들, 한 종류가 아니군. 하긴 지구에서 보낸 자들도 한 세력이 아닌데 게이트 너머라고 다를 것이 없겠지.'
지구에서도 한국, 미국, 일본 등 선진국이라 할 수 있는 나라에서는 모두 게이트 너머로 사람을 보냈다. 게이트 너머 왕국들이라고 그렇게 하지 말라는 법은 없는 것이다.
그런 생각을 하던 김호철의 얼굴이 굳어졌다.
파지직!
저 하늘에서 뇌전 한 줄기가 그를 향해 쏘아져 오는 것이 보인 것이다.
파지직!
자신의 몸에 흡수되는 뇌전을 느끼며 김호철이 창을 들었다.
"가고일, 다시 가."
김호철의 말에 그의 몸에서 검은 기운이 뿜어져 나오며 가고일이 되었다. 그리고 날개를 펄럭이며 자신이 날아온 곳으로 날아가는 가고일…….

김호철이 청년을 바라보았다.

"이런저런 이야기 더 듣고 싶지만 아무래도 마법사 아저씨가 생각보다 강한 모양이라…… 가 봐야 할 것 같아."

김호철의 말에 청년이 숨을 고르며 검을 들었다.

화아악!

청년의 검에서 우윳빛 기운이 일어났다. 희미하기는 하지만 검신을 은은하게 감싸고 있는 기운을 보며 김호철의 얼굴에 호기심이 어렸다.

'고윤희의 검기와는 조금 다른 느낌이네. 아니…… 능력자가 마나를 뿜어낼 때와 비슷한 느낌인가?'

그런 생각을 하던 김호철이 다니엘에게 명령을 내렸다.

'죽이지 말고 제압하는 쪽으로…… 하지만 반항이 심하면 팔다리 하나는 잘라도 돼. 죽이지만 않으면 돼.'

김호철의 명령에 다니엘이 창을 허공에 한 번 휘두르고는 거창을 했다.

그 모습에 청년, 로엘이 숨을 고르고는 김호철을 향해 검을 겨눴다.

"간다."

"와."

김호철의 말에 로엘이 땅을 박찼다. 하지만 그 방향은 김호철이 아니었다.

몰려 있는 사람들을 향해 박차는 로엘의 모습에 김호철이 혀를 찼다.

'그럴 줄 알았지.'

도망을 치는 건 이미 예상을 한 일이다. 로엘은 자신을 죽이기 위해 남은 것이 아니라 중년 마법사가 도망칠 시간을 벌기 위해 남은 것이니 말이다.

그리고 그에 대한 대비는 이미 해놓았다.

"크아앙!"

로엘이 땅을 박차는 것과 동시에 근처 빌딩에 매달려 있던 웨어 라이온 둘이 그 앞으로 떨어졌다.

갑자기 위에서 떨어지는 웨어 라이온의 모습에 로엘이 그대로 앞으로 굴렀다.

휙!

땅을 구르며 떨어지는 웨어 라이온의 공격을 피한 로엘이 구르던 기세를 빌려 몸을 일으켰다.

파앗!

구르고 그 반동으로 일어나는 것까지 그야말로 한순간. 하지만 로엘의 앞에는 어느새 나타난 김호철이 창을 찌르고 있었다.

휘리릭!

일어나던 로엘은 자신을 향해 찔러오는 창에 깜짝 놀라 급히 몸을 비틀며 검을 휘둘렀다.

챙!

하지만 창에 부딪힌 검은 그대로 튕겨져 나갔다. 창에 먹여져 있는 회전에 검이 튕겨진 것이다.

그리고…….

푸욱!

"크으윽!"

김호철의 검이 로엘의 어깨를 뚫고 들어갔다. 그에 신음을 흘리며 창대를 손으로 움켜쥔 로엘이 검을 강하게 휘둘렀다.

챙!

아마 창대를 검으로 후려쳐 부러뜨리려 했나 보다. 하지만 그 정도 검격에 부러질 일이 없는 창……. 어깨에 박힌 창을 베려고 검을 휘둘렀는데 그것이 부러지지 않으니 오히려 고통을 당한 것은 로엘이었다.

"크악!"

고통스러운 비명을 지르는 로엘을 보며 김호철이 손에 힘을 주었다.

파지직!

김호철의 손에서 뿜어진 뇌전이 창대를 타고 로엘의 몸으로 파고들었다.

"으으으으윽!"

뇌전에 몸을 바들바들 떨어대던 로엘이 그대로 의식을 잃고 늘어졌다.

툭!

창대에 꽂혀 쓰러지지도 못하고 늘어진 로엘을 보며 김호철이 창을 없앴다.

털썩!

쓰러지는 로엘을 받아 든 김호철이 그의 손에 들려 있는 검을 회수하고는 몸을 뒤졌다. 로엘의 몸에서는 지갑과 동전 몇 개가 나왔다. 지갑에 든 것을 확인하던 김호철이 힐끗 로엘을 바라보았다. 로엘은 귀걸이와 반지를 하고 있었다.

'귀걸이와 반지라…….'

잠시 생각을 하던 김호철이 검을 한 번 보고는 로엘의 귀걸이와 반지를 빼냈다. 귀걸이와 반지가 갖고 싶어서는 아니었다. 혹시나 하는 생각…….

'마법 아이템일 수도 있어.'

게이트 너머가 지구보다 마법이 더 발전되어 있다면 마법 아이템도 더 발전했을 것이다. 그래서 빼낸 것이다.

그러는 사이 하늘에서 가고일이 날아들었다.

펄럭! 펄럭!

날개를 펄럭이며 날아오는 가고일의 품에는 칼이 안겨 있었고, 그 손에는 도망을 갔던 중년인이 잡혀 있었다.

탓!

가고일의 품에서 뛰어내린 칼이 중년인을 들어 보이자 김호철이 고개를 끄덕였다.

"잘했어. 이상한 짓 하려고 하면 싸대기를 때려 버려. 물론 죽지 않을 정도로."

김호철의 말에 칼이 고개를 끄덕이고는 중년인을 향해 손을 들었다. 중년인이 이상한 짓을 하면 바로 싸대기를 날릴 준비를 하며 말이다.

김호철은 웨어 라이온들을 불러 로엘을 붙잡게 했다. 그 뒤 김호철이 중년인의 몸을 뒤졌다.

'마법사라면 마법 아이템 정도는…….'

그런 생각을 하며 중년인의 몸을 뒤진 김호철은 곧 반지 세 개와 목걸이 하나를 찾을 수 있었다.

반지와 목걸이를 손에 쥔 김호철이 미소를 지으며 그것을 품에 넣었다.

찰칵! 찰칵!

두 사람의 몸을 뒤지던 김호철은 주위에서 들리는 촬영음을 들으며 귀에 손을 가져갔다.

"SG들 언제 옵니까?"

—곧 도착합니다. 지금 보입니다.

무전에 김호철이 고개를 들어 주위를 둘러보았다. 그러자 길 한쪽에 진입해 들어오는 차 몇 대가 보였다.

끼익!

브레이크 소리와 함께 차에서 내린 사람들이 김호철 주위에 몰려 있는 사람들을 뒤로 물렸다.

곧이어 김호철에게 한 사람이 다가왔다.

"수고하셨습니다."

이번 작전의 총괄책임을 맡은 SG 특무대 소속 손원진 소령이었다.

"허민 씨는 괜찮습니까?"

미끼 역을 하던 SG였다. 손원진이 고개를 끄덕였다.

"김호철 씨가 바로 도우러 오셔서 다친 곳은 없습니다. 이 둘입니까?"

손원진의 말에 김호철이 고개를 끄덕이고는 로엘과 중년인을 가리켰다.

"이자는 검사, 이자는 마법사 같습니다."

"마법사?"

김호철의 말에 손원진이 중년인을 바라보았다. 손원진도 마법사라 불리는 자를 보는 것이 이번이 처음이었다. 마법은 유럽에서 강세라 한국에는 마법사가 많지 않은 것이다.

"기절하고 있지만 마법이란 것이 어떻게 될지 모르니 잘

감시하십시오.”

“알겠습니다.”

“그리고 이거…….”

김호철이 귀에 꽂고 있던 이어폰을 꺼내 주자 손원진이 그것을 받았다.

“아! 그리고 이놈과 이야기를 하면서 느낀 건데…… 게이트를 넘어온 것은 한 집단이 아닌 것 같습니다.”

“한 집단이 아니라면?”

“게이트 너머도 여러 국가가 있을 겁니다. 그 국가들에서 사람을 보냈다면 서로 연관 없이 따로 활동할 수 있다는 겁니다.”

“그렇게 보고하겠습니다.”

SG들이 로엘과 마법사를 차에 태우고 사라지는 것을 보던 김호철도 곧 땅을 박찼다.

파지직! 파지직!

땅을 박차는 것과 함께 뇌전의 날개를 만들어낸 김호철의 몸이 북쪽으로 빠르게 날아갔다.

일이 끝났으니 이제 집…… 행복 사무소로 가는 것이다.

2장
마법 아이템

바 위에 놓인 반지와 목걸이, 그리고 귀걸이를 행복 사무소 사람들이 신기한 눈으로 보고 있었다.

"이게 마법 아이템이란 말이지?"

박천수가 반지 하나를 들어 보이며 하는 말에 김호철이 고개를 끄덕였다.

"제 생각에는 그럴 것 같은데 잘 모르겠습니다."

박천수가 고개를 끄덕였다.

"확실히 마나의 기운은 느껴지는군. 하지만 D급 마나석의 양도 느껴지지 않는데?"

박천수의 말에 혜원이 반지를 들어 자세히 보다가 입을 열었다.

"마법 아이템이 맞아요. 반지 안쪽을 보면 미세하게 마법진이 새겨져 있어요."

"마법진?"

"칸노."

혜원의 부름에 뒤에서 그녀의 머리를 쓰다듬던 칸노가 반지를 들고는 살피다가 입을 열었다.

"마법 아이템이 맞습니다. 확인해 보시겠습니까?"

칸노의 말에 김호철이 그녀를 바라보았다.

"확인할 방법이 있습니까?"

"마법 아이템의 작동 방식은 두 가지입니다. 하나는 마법을 작동하는 시동어입니다. 두 번째는 마나 주입을 통해 작동하는 아이템입니다."

스윽!

말과 함께 칸노가 반지 두 개와 검을 가리켰다.

"제 생각에는 이 세 가지가 마나 주입으로 마법이 발동하는 아이템인 것 같습니다."

칸노의 말에 김호철과 사람들이 반지와 검을 바라보았다.

김호철이 고개를 돌려 그녀를 바라보았다.

"그렇게 생각하는 이유가 있습니까?"

김호철의 물음에 칸노가 고개를 끄덕였다.

"시동어로 구동하는 마법 아이템은 자체에 에너지원이 있습니다."

말과 함께 칸노가 목걸이 하나를 가리켰다. 그 목걸이의 알은 다른 것보다 조금 더 컸다.

"이것 역시 그리 많은 마나를 보유하고 있지 않지만 다른 아이템들에 비해 마나 양이 많습니다. 그리고 제가 지목한 이 세 아이템은 다른 아이템들에 비해 마나 양이 미약합니다. 그 말은 이 세 아이템은 착용자의 마나로 마법이 발현이 된다 생각할 수 있습니다."

설득력이 있는 칸노의 말에 김호철이 반지를 들어 보았다.

'이건 로엘이 가지고 있던 건데…….'

잠시 반지를 보던 김호철이 주위를 둘러보았다.

"어떻게 해볼까요?"

김호철의 말에 고윤희가 고개를 연신 끄덕였다.

"해봐."

고윤희의 말에 마리아가 눈을 찡그렸다.

"위험할 수도 있지 않을까요?"

"그래도 시험을 해봐야 이게 무슨 아이템인지 알지."

말과 함께 고윤희가 슬며시 로엘의 검을 손에 쥐었다. 그렇지 않아도 검에 눈독을 들이고 있었던 것이다. 그러고는 누가 뭐라고 하기도 전에 고윤희가 검에 내공을 불어 넣었다.

화아악!

순간 고윤희의 검에 희미한 우윳빛 기운이 어렸다.

타타탓!

그 모습에 사람들이 급히 뒤로 물러났다. 혹시라도 공격 마법이 발현이라도 되면 위험하니 말이다.

"언니! 신호 좀 해요!"

마리아의 외침에 고윤희가 웃으며 검신을 바라보았다.

"괜찮아, 괜찮아."

고윤희의 말에 눈을 찡그리고 있던 마리아가 슬며시 다가왔다.

"뭔지 알겠어요?"

"근력 강화 마법인 것 같은데? 몸에 힘이 불끈불끈해."

"근력 강화요?"

"응."

그러고는 고윤희가 오현철을 향해 손을 내밀었다.

"팔씨름."

"나하고?"

"네."

고윤희의 말에 오현철이 그녀를 보다가 손을 마주 잡았다.

탓!

"한다."

"하나, 둘, 셋!"

고윤희의 신호에 오현철이 힘을 주었다. 그리고 오현철의 얼굴에 의아함이 떠올랐다.

"너 내공 쓰냐?"

고윤희의 가녀린 팔이 꿈쩍도 하지 않는 것이다.

"이 검에 주입하는 것 외에는 아니에요. 어때요?"

"힘 다 쓴 거야?"

"버티는 정도만."

고윤희의 말에 오현철의 몸이 부풀어 올랐다. 육체 강화 능력을 사용한 것이다. 그리고 오현철이 힘을 주자 고윤희의 손이 천천히 넘어가기 시작했다.

탁!

가볍게 바에 손등이 닿자 고윤희가 고개를 끄덕였다. 지기는 했지만 그것은 오현철이 육체 강화 능력자라서 그런 것이지 이 검의 마법이 약한 것이 아니다.

게다가 마법 발현에 소모되는 내공도 그리 크지 않았다. 아주 마음에 드는 아이템이었다.

흐뭇한 눈으로 검신을 손으로 쓰다듬은 고윤희가 미소를 지었다.

"오케이! 이거 내가 쓸게. 호철아, 고마워."

싱긋 웃으며 검을 검집에 꽂는 고윤희의 모습을 멍하니 보던 김호철이 바 위를 바라보았다. 반지와 목걸이 위에 어느

새 박천수와 정민의 손이 올라와 있었다.

스르륵!

그리고 슬며시 자신 쪽으로 당기는 손을 보며 김호철이 한숨을 쉬었다.

"일단 내려들 놓으세요."

김호철의 말에 박천수가 눈을 찡그렸다.

"뭐야, 윤희한테는 아무 말도 안 하면서 왜 우리한테만 그래."

"그래요. 형, 설마 남녀 차별을 한다거나 아니면 윤희 누나를 좋아한다거나 그런 것은 아니겠죠?"

정민의 말에 김호철이 자기도 모르게 고윤희를 바라보았다. 하지만 고윤희는 정민이 한 말을 못 들었는지 그저 검을 보며 희희낙락하고 있을 뿐이었다.

고개를 돌린 김호철이 박천수와 정민을 바라보았다.

"검이야 우리 사무소에서 쓸 수 있는 사람이 윤희 하나뿐이잖아요. 그러니 뭐 가져가도 상관없죠. 하지만 이건…… 제가 쓸 수 있는 것일 수도 있잖아요. 아니면 혜원이도 있고."

김호철의 말에 마리아가 살며시 말했다.

"나도 반지 좋아하는데……."

마리아까지 가지고 싶어 하자 김호철이 한숨을 쉬고는 말했다.

"일단 무슨 마법이 걸려 있는지 확인하고…… 싸게 넘기겠습니다."

"헉! 팔겠다는 거야?"

"세상에 공짜가 어디 있습니까?"

김호철의 말과 함께 그의 어깨에 차가운 감촉이 닿았다.

스르릉!

들릴 일이 없는 검음이 귀에 들리는 착각과 함께 고윤희의 달콤한 숨결이 귀에 닿았다.

"후우!"

움찔!

귓가에 불어오는 숨결에 김호철이 놀랄 때 고윤희가 살며시 속삭였다.

"오빠…… 윤희한테도 돈 받을 거예요? 이거…… 윤희 주면 안 돼용? 윤희 이거 갖고 싶은데……."

목소리는 부드럽고 달콤하며 애교가 넘쳤다. 하지만 목에 닿아 있는 검은 차갑기 이를 데가 없었다.

싫다고 하면 분명 검을 그을 년이다. 고윤희는 그러고도 남았다.

'미친년. 애교든 협박이든 하나만 할 것이지.'

속으로 중얼거린 김호철이 슬며시 검을 손가락으로 밀었다.

"알았으니까. 일단 이거나 치워."

"그럼 이거 나 줄 거예요? 오빵."

"알았다니까."

김호철의 말에 고윤희가 배시시 웃으며 검을 다시 바라보았다. 그러고는 검을 번쩍 들었다.

"나를 따르라!"

소리를 지르며 지하 훈련장으로 뛰어가는 고윤희의 모습에 김호철이 한숨을 쉬었다.

'미친년…….'

하지만 김호철의 얼굴에는 작은 미소가 어려 있었다.

"하아아!"

작게 웃고 있던 김호철은 귓가에 징그러운 숨소리가 들려왔다. 김호철의 뒤에는 어느새 다가온 박천수가 그의 귀에다 바람을 불어 넣고 있었다.

"호철아…… 천수 이거 가지고 싶은데……."

징그럽게 애교를 피우는 박천수의 모습에 김호철의 몸에 데스 나이트의 갑옷이 합쳐졌다.

철컥! 철컥!

"죽고 싶습니까?"

화아악!

해머까지 꺼내 드는 김호철의 모습에 박천수가 투덜거렸다.

"쳇! 알았다! 알았어! 돈 주고 사면 될 것 아냐? 이 더러운 세상, 남녀 차별하는 이 더러운 세상!"

박천수의 말에 정민도 입맛을 다셨다.

"더러운 세상."

두 사람의 투덜거림을 들으며 김호철이 데스 나이트와 합체를 해제하고는 바에 다가갔다.

"일단 확인부터 하죠."

김호철이 반지 하나를 집어 들었다.

화아악!

마나를 주입하자 반지에서 희미한 빛이 흘러나왔다.

"어떻습니까? 느껴지는 것이 없습니까?"

호기심이 가득한 박천수의 말에 김호철이 고개를 저었다.

"별다른 것이……."

없다는 말을 하려던 김호철이 고개를 갸웃거렸다.

"방금 뭐라고 하셨습니까?"

"별다른 것 없냐 물었습니다."

박천수의 말에 김호철이 그를 바라보다. 뭔가 좀 이상했다.

'뭐지? 박 팀장님이 왜 존댓말을?'

"왜 그러십니까? 뭐가 이상합니까?"

자신을 보며 의아해하는 박천수의 얼굴을 보던 김호철이 반지에 넣던 마나를 멈췄다.

화아악!

반지에서 빛이 사라지자 박천수가 말했다.

"왜? 뭐야? 뭔데?"

박천수의 말에 김호철이 그를 보다가 반지를 바라보았다.

"존댓말?"

"뭔 소리야?"

"반지에 마나를 주입했을 때 박 팀장님이 저에게 하는 말이 존댓말이었습니다."

"뭐래는 거야?"

그게 무슨 말이냐는 듯 바라보는 박천수를 보던 김호철이 반지를 바라보았다.

'존댓말……. 설마하니 아이템에 걸어놓은 마법이 존댓말을 듣는 건 아닐 텐데.'

존댓말을 듣는 마법을 아이템에 걸었다? 쓸데없는 소리다.

그런 생각을 하던 김호철이 가만히 있다가 칸노를 바라보았다.

'존댓말이라……. 말과 관련이 있는 건가?'

말과 관련이 된 마법……. 게이트에서 넘어온 자들에게 필요한 마법.

거기까지 생각을 하던 김호철의 눈이 반짝였다.

'통역이다.'

그러고는 반지에 마나를 주입하며 혜원을 바라보았다.

"일본말 해봐."

"일본어?"

"그래, 일본어로 말을 해봐."

김호철의 말에 혜원이 그를 보다가 입을 열었다.

"일본어로 말을 하라고 해서 하기는 하는데 이러면 되는 것입니까?"

"지금 일본어로 말하는 거야?"

"그렇습니다."

혜원의 말에 김호철이 반지를 바라보았다. 혜원이의 일본어가 자신에게는 지금 한국어로 들리고 있는 것이다.

"통역 마법인가?"

통역 마법이라면 김호철에게 쓸 만한 아이템이다. 일본에 갔을 때도 일본어를 하지 못해 통역 아르바이트를 데리고 다녀야 했으니 말이다.

김호철이 반지에 주입하던 마나를 멈추고는 미소를 지었다.

"이건 통역 마법인 것 같습니다."

"통역 마법?"

박천수가 호기심 어린 눈으로 반지를 보자 김호철이 그것을 내밀었다.

"혜원이가 하는 일본말이 저에게는 한국어로 들리네요."

"그럼 네 말은?"

"제 말이야……."

김호철이 혜원을 바라보았다.

"한국어로 잘 들렸어요."

혜원의 말에 김호철이 칸노를 바라보았다.

"혜원이 부하 중에 한국말 못하는 분 없습니까?"

"있습니다."

"그분 좀 모셔주세요."

김호철의 말에 칸노가 코지로에게 눈짓을 주었다. 그러자 코지로가 2층에 올라가 한 청년을 데려왔다.

"사키 군입니다. 한국말을 할 줄 모릅니다."

어리둥절한 얼굴로 내려온 청년을 보며 박천수가 반지에 마나를 주입했다.

"어이, 내 말 들려?"

박천수의 말에 사키가 그를 보며 말했다. 일본어로 뭐라 말을 하자 박천수가 웃었다.

"지금 일본어로 말하는 거지? 근데 내 귀에는 한국어로 들리네. 내 말 알아듣는 것을 보니까. 내 말도 네 귀에는 일본어로 번역돼 들리나 보네."

사키가 뭐라고 답을 하자 박천수가 웃으며 반지를 들었다.

"마이 프레셔스."

그런 박천수의 모습에 김호철이 손을 들어 반지를 받았다.

"골룸입니까?"

"느낌 좀 내는 거지. 하여튼 대박…… 통역 마법이라니."

과학이 좋아져서 요즘은 핸드폰 통역 어플을 통해 외국어를 통역을 해주기는 한다. 하지만 발음을 정확하게 하지 않으면 엉뚱한 통역이 나오는 등 완벽한 것은 아니었다. 그런데 반지 하나로 통역이 가능한 아이템이라니…….

"이건 제가 쓰겠습니다."

김호철의 말에 박천수가 김호철의 손을 슬며시 잡았다.

"나중에 나 외국 나갈 일 있으면 좀 빌려줘."

"알겠습니다."

그러고는 김호철과 사람들의 눈이 남은 반지 하나를 바라보았다. 이건 무슨 능력이 있나 싶은 것이다.

하지만 남은 반지에도 통역 마법이 걸려 있었다.

대박이라 부르기에 부족함이 없는 통역 마법 반지가 두 개나 있는 것에 박천수가 중얼거렸다.

"대박……."

그런데 정민의 얼굴이 조금 심상치 않았다.

"왜 그래?"

김호철의 말에 정민이 잠시 반지를 보다가 입을 열었다.

"마법에 대해 잘 모르지만…… 통역 마법이 걸린 아이템은 처음 봤어요."

"그래서 대박이지."

박천수의 말에 정민이 고개를 끄덕였다.

"맞아요. 대박이죠. 이런 아이템…… 흠…… 이런 아이템이 있다는 이야기를 들은 적이 없어서 판다면 얼마나 받을 수 있을지 모르겠지만 외국 나갈 일이 많은 능력자라면 십억에 사라고 해도 살 거예요. 아니, 이십억에 팔릴 수도 있죠."

"이십억?"

"지금 시험한 건 일본어 하나지만 이 아이템은 게이트 너머에서 온 놈들이 가져왔으니 일본어를 가정하고 만든 것이 아닐 거예요. 그 말은 이 반지는…… 모든 언어를 통역해 줄 거예요."

잠시 말을 멈춘 정민이 반지를 들어 보였다.

"휴우! 모든 언어를 통역해 주는 아이템…… 그것을 한 사람당 하나씩 들고 다닐 정도의 마법 문명……. 조금 걱정이 되네요, 그런 놈들이 좋지 않은 의도로 게이트를 넘어왔다는 것이."

게이트 너머의 마법 문명을 걱정하는 정민을 보던 박천수가 웃었다.

"그놈들이 마법 문명이면 우리는 기계문명이지. 설마하니

핵만 한 마법이 있겠어? 전쟁이라도 벌어지면 게이트 너머로 핵이라도 날려서 박살 내면 되는 거지.”

박천수의 말에 정민이 한숨을 쉬며 고개를 저었다.

“뭐 이런 생각 제가 해도 아무 소용이 없네요. 위에서들 알아서 하겠죠. 그죠?”

정민이 자신을 보는 것에 김호철이 고개를 갸웃거렸다.

“그걸 왜 나한테 물어?”

“이제 형도 위에 속하잖아요.”

“내가?”

“장로라면 능력자 최상위 계급이잖아요. 앞으로 잘 부탁드립니다.”

정민이 자신을 놀린다는 것을 안 김호철이 피식 웃고는 바위에 놓여 있는 아이템들을 바라보았다.

“이제 남은 아이템을 알아봐야 하는데…….”

김호철의 말에 칸노가 아이템들을 보다가 말했다.

“시동어는 아이템 주인과 만든 사람밖에는 알지 못합니다.”

“마나를 주입하는 것은 어떻습니까?”

“폭발을 할 수 있습니다.

칸노의 말에 김호철이 데스 나이트와 합체를 했다.

화아악!

"시험해 보면 알겠죠."

말과 함께 김호철이 목걸이 하나를 양손에 쥐었다. 틈새 하나 없이 목걸이를 쥔 김호철이 그것을 끌어안는 자세를 취했다. 혹시라도 터질 경우 데스 나이트의 방어력으로 그 위력을 막아내려는 것이다.

'설마하니 내가 죽을 정도의 위력은 나오지 않겠지.'

마나의 양이 D급 정도라 했으니 아무리 효율이 좋은 마법 아이템이라 해도 그 이상의 위력은 나오지 않을 것이다.

그런 생각을 하며 김호철이 목걸이에 마나를 주입했다.

화아악!

마나를 주입하자 목걸이에서 떨림이 일어났다.

'터지는 건가?'

김호철이 그런 생각을 하는 순간…….

화아악!

손 사이에서 희미한 빛이 뿜어졌다.

펑!

손바닥 사이에서 느껴지는 압력과 폭음에 김호철이 눈을 찡그렸다.

"터졌네."

박천수의 말에 혜원이 급히 다가왔다.

"오빠, 괜찮아?"

혜원의 말에 김호철이 쭈그리고 있던 몸을 일으켰다.

화아악!

김호철의 손바닥 사이에서는 연기가 뭉게뭉게 피어오르고 있었다.

스읔!

손바닥을 펼치자 그 안에서 조각이 난 목걸이 잔해들이 보였다.

"칸노 양의 말이 맞았군요."

김호철의 말에 고개를 끄덕인 칸노가 바 위에 있는 아이템들을 보다가 말했다.

"프랑스에 신의 교단 시절 알고 지내던 마법사가 있습니다. 그에게 연락을 해볼까요?"

"그 마법사도 신의 교단 사람입니까?"

"아닙니다. 그 마법사는 제가 신의 교단 사람인지 알지 못합니다."

"그럼 부탁드리겠습니다."

김호철의 말에 고개를 끄덕인 칸노가 바 위에 있는 목걸이와 반지들을 핸드폰으로 사진을 찍고는 그 파일을 누군가에게 전송을 했다.

"사진을 보면 알아서 연락을 할 것입니다."

칸노의 말에 김호철이 고개를 끄덕이고는 아이템을 바라

보았다.

정민은 반지 하나를 손에 올린 채 그것을 유심히 보고 있었다.

"마나 주입하면 터지니까 조심해."

"제가 바보인 줄 아세요."

반지를 가만히 보다가 정민이 입을 열었다.

"그런데…… 마나석하고는 조금 다른 느낌인데요?"

"다른 느낌?"

"마나석은 뭐랄까…… 돌 같은 느낌이잖아요."

"그래서 돌 석 자가 붙잖아."

"그렇죠. 그런데 이건……."

반지 가운데에 박혀 있는 보석을 만지작거리던 정민이 고개를 갸웃거렸다.

"뭔지 몰라도 확실히 마나석과는 다른 느낌이에요."

"그래?"

정민의 말에 김호철이 반지에 박혀 있는 보석을 바라보았다.

"크기가 좀 작은 것도 같고……."

"등급 외 마나석 중에는 이렇게 작은 것도 있어요."

등급 외 마나석이라는 말에 김호철이 피식 웃었다. 여기 있는 그 누구보다 등급 외 마나석과 가장 인연이 깊은 사람은 김호철 그 자신이니 말이다.

'기억나네.'

일 년도 채 되지 않았다. 등급 외 마나석을 조물조물 뭉쳐 D급 마나석을 만들어내던 시절이 말이다.

그 기억을 떠올리며 보석을 보던 김호철이 정민을 바라보았다.

"네 생각에는 이게 마나석이 아닐 수 있다는 거지?"

"마나를 담고 있지만…… 마나석하고는 조금 다른 것 같아요."

"그 말은 게이트 너머 세상에서는 마나석이 아닌 다른 물질도 마나를 품고 있다?"

김호철의 말에도 정민은 반지를 유심히 볼 뿐이었다. 그런 정민을 보던 김호철이 반지를 들었다.

"내가 확인해 볼게."

"어떻게요?"

"기다리고 있어."

말과 함께 김호철이 반지를 들고는 2층 자신의 방으로 돌아왔다. 그러고는 방 한쪽에 놓여 있는 양동이에 반지를 넣고는 식초를 부었다.

쪼르륵!

잠시 기다리던 김호철이 반지를 꺼내 닦고는 이번에는 꿀을 꺼내 살짝 부었다.

주루룩!

반지 표면을 타고 흘러내리는 꿀을 손가락으로 찍어 먹은 김호철이 가만히 주시했다.

하지만 아무런 변화를 보이지 않는 반지…….

'마나석이라면 녹아야 하는데……. 그럼 이건 마나석이 아니라는 거군. 그렇다면…….'

마나석이 아닌 데도 마나를 품고 있는 물질이 게이트 너머 세상에는 존재하는 것이다.

이태원의 한 골목에 작은 4층 빌라 하나가 자리를 하고 있었다.

「해피 종합 무역상사」

조금은 촌스러운 이름을 가진 현판을 단 해피 종합 무역상사가 바로 이 빌라의 소유주였다.

해피 종합 무역상사는 외국에서 물건을 들여와 소매상에게 팔거나, 한국의 물품을 해외로 가져다 파는 작은 무역상

사였다. 다루는 물품은 수도 없지만 그리 크게 판매를 하지는 않는 그저 그렇고 그런 작은 회사…….

빌라의 1층과 2층은 외국에서 들여온 물품과 외국으로 나갈 물품들이 쌓여 있는 창고였다.

어쨌든 해피 종합 무역상사 4층에 자리한 휴게실에 한 청년이 캔 커피를 보고 있었다. 캔 커피를 이리저리 보며 흔들어 보던 청년이 조심스럽게 캔 뚜껑을 잡았다.

"후우!"

마치 수류탄 안전핀을 뽑는 것과 같은 긴장감을 느끼며 청년이 조심스럽게 뚜껑을 잡아당겼다.

타각!

흠칫!

캔 커피가 열리는 소리에 놀란 청년이 가만히 있다가 입을 가져다 댔다.

주르륵!

목 안을 타고 흘러가는 커피 맛을 본 청년이 눈을 찡그렸다.

"구정물이 이것보다 맛있겠군."

입안의 침을 모아 캔에 뱉은 청년이 그것을 쓰레기통에 버렸다.

"쯔쯔쯔! 어디 그래서야……."

뒤에서 들리는 소리에 청년이 뒤를 돌아보았다. 청년의 뒤에는 반쯤 머리가 벗겨진 중년인이 서 있었다. 급히 한쪽 무릎을 꿇으려는 청년의 어깨를 잡은 중년인이 고개를 작게 젓고는 자판기에 동전을 넣었다.

덜컥!

캔 커피 두 개를 꺼낸 중년인이 청년에게 하나를 내밀었다.

“저는 괜찮습니다.”

“그런가?”

말과 함께 익숙하게 캔 커피를 마시는 중년인의 모습에 청년의 얼굴에 놀람이 어렸다.

“어찌 이런 구정물을?”

청년의 말에 중년인이 웃으며 빈 캔을 쓰레기통에 버렸다.

“자네 이름이 뭐지?”

“이든 폰 사…….”

철썩!

청년의 고개가 그대로 돌아갔다. 중년인이 그의 뺨을 강하게 후려친 것이다.

쿵!

청년이 급히 한쪽 무릎을 꿇자 중년인이 가만히 그 어깨에 손을 올렸다.

“자네 이름이 뭐라고?”

“조…… 운형입니다.”

더듬거리며 이름을 말하는 조운형을 보며 중년인이 고개를 끄덕였다.

"그렇지. 자네의 직급은?"

"해피 종합 무역상사 인턴입니다."

조운형의 말에 중년인이 고개를 끄덕이고는 바닥에 떨어진 캔 커피를 들어 그에게 내밀었다.

"마시게."

중년인의 말에 조운형이 침을 삼키고는 캔 커피를 깠다.

달칵!

캔 커피를 깐 조운형이 잠시 있다가 단숨에 커피를 마시기 시작했다.

"꿀꺽! 꿀꺽!"

단숨에 캔 커피를 마시는 조운형을 보며 중년인이 웃으며 말했다.

"목이 많이 말랐나 보군. 어이, 오 대리. 캔 커피 한 박스만 들고 오게."

중년인의 말에 주위에서 휴식을 취하고 있던 사내 한 명이 급히 일어나서는 한쪽에 있는 캔 커피 박스 하나를 들고 왔다.

쿵!

캔 커피 한 박스를 보는 조운형의 얼굴이 굳어졌다. 그런 조운형을 보며 중년인이 입을 열었다.

"안 마시나?"

중년인의 말에 조운형이 떨리는 손으로 캔 커피 박스를 뜯었다. 그러고는 캔 커피를 꺼내 마시기 시작했다.

그런 조운형을 보며 중년인이 캔 커피를 하나 들어 까며 말했다.

"뭐든 익숙해져야 한다."

조운형을 보던 중년인이 몸을 돌릴 때 그에게 한 남자가 다가왔다.

힐끗!

캔 커피를 마시는 조운형을 잠시 본 남자가 중년인에게 말했다.

"신고식입니까?"

남자의 말에 중년인이 캔 커피를 하나 더 꺼내 그에게 내밀었다.

캔 커피를 받아 든 남자가 말없이 원샷을 하고는 쓰레기통에 버렸다.

"조운형 군, 커피 마시면서 듣게."

중년인의 말에 조운형이 커피를 마시며 고개를 숙였다. 그런 조운형을 보며 중년인이 말했다.

"이 세상은 우리가 살던 곳과 많이 달라. 하지만 우리는 이방인……. 이 세상에서 살아남으려면 철저하게 이 세상에

동화되어야 한다."

그리고 중년인이 캔 커피를 하나 들었다.

"커피를 휴대하고 다니다 뚜껑만 따면 마실 수 있다는 발상 아주 훌륭해. 다만…… 맛이 아주 더럽게 없지. 하지만 문제는 이 캔 커피뿐만 아니라 대부분의 커피가 다 맛이 없다는 거야."

중년인의 말에 조운형이 자기도 모르게 고개를 끄덕였다.

"하지만 이 세상 사람들은 사람을 만나면 빌어먹게도 커피를 가장 자주 마셔. 어쩌겠나? 마실 수밖에……."

들고 있던 캔 커피를 내려놓은 중년인이 조운형의 어깨를 토닥였다.

"사이든 남작."

"하앗!"

고개를 깊숙이 숙이는 조운형을 보며 중년인이 말했다.

"그 이름을 잊게. 그리고 커피에 익숙해지게. 커피를 아무렇지도 않게 마실 수 있다면 반은 이 세상 사람이 됐다 할 수 있을 것이네."

"알겠습니다."

조운형을 잠시 보던 중년인이 몸을 돌려 걸음을 옮기자 그에게 말을 걸었던 남자가 그 뒤를 따랐다.

"사장님은 캔 커피가 맛있는 모양이십니다. 한자리에서

몇 캔을 드신 겁니까?"

남자의 말에 중년인, 사장이 피식 웃었다.

"고작 남작의 입맛에도 맞지 않는 커피가 내 입에는 맞겠나?"

사장의 말에 남자가 고개를 끄덕였다. 그들이 살던 세상에서 커피는 귀한 차다. 사장과 자신 같은 신분의 사람들은 같은 무게의 금보다도 비싼 커피를 마셨고, 커피를 전문적으로 만드는 고용인을 두었다. 그렇기에 지금 이 세상의 커피는…….

'토 나오지.'

속으로 중얼거린 남자가 사장을 바라보았다.

"영업 2팀에 문제가 생겼습니다."

남자의 말에 사장이 입맛을 다셨다.

"사업하다 보면 문제 생기는 거야 늘 있는 일이지. 중요한 것은 그 대처 아니겠나?"

잠시 말을 멈춘 사장이 남자를 바라보았다.

"문제가 뭔가?"

"오늘 물건 회수하러 간 오 대리와 이 사원이 퇴사했습니다."

남자의 말에 사장의 얼굴이 굳어졌다.

"퇴사? 이직인가?"

"그렇습니다."

퇴사와 이직.

퇴사는 사라졌다는 의미, 그리고 이직은 잡혀갔음을 의미한다.

“밖에 나간 영업 팀 모두 복귀시키고 기획 팀 소집해.”

“알겠습니다.”

3장
이계의 귀족

김호철은 오랜만에 게이트로 향하고 있었다.

파지직! 파지직!

데스 나이트와 합체를 한 채 뇌전의 날개를 활짝 펼쳐 날아가는 김호철은 기분이 좋았다.

왜 그런지 모르겠지만 그저 기분이 좋았다. 파란 하늘을 자유롭게 날아가는 것도 즐거웠고, 광활하게 펼쳐진 바다 위를 날아가는 것도 좋았다.

그저…… 기분이 좋았다.

하늘을 날아가던 김호철이 수면을 향해 고도를 낮췄다.

쏴아악!

바닷바람을 가르며 날아가던 김호철이 슬쩍 다리를 바다

에 넣었다.

꽈아악!

발에 바다가 갈라지며 그 주위로 시원한 물줄기를 뿜어냈다.

'좋네.'

기분 좋게 갈라지는 바다를 느끼며 웃던 김호철의 눈에 군함 몇 척이 떠 있는 것이 보였다.

파지직! 파지직!

군함을 본 김호철이 그 위를 날기 시작했다. 군인들이 그런 김호철의 모습을 올려다보았다.

"블러드 나이트다."

"와! 오늘 블러드 나이트가 싸우는 것 보는 거야?"

군인들이 호기심 어린 눈으로 그를 쳐다볼 때 군함에서 스피커가 켜졌다.

"블러드 나이트, 본 함선에 승선을 요청합니다."

커다랗게 울리는 스피커 소리에 김호철이 힐끗 밑을 보고는 소리가 들린 군함에 내려섰다.

군함에 내려서던 김호철의 얼굴에 의아함이 어렸다. 데스 나이트가 무슨 일인지 갑판 위에서 뜬 채 바닥에 내려서지 않는 것이다.

'왜 이러지?'

그에 김호철이 강제로 몸을 내리자 그의 발이 갑판에 닿았다.

치이익!

그러자 데스 나이트 발에서 하얀 연기 같은 것이 생기며 살이 타들어 가는 듯한 소리가 들려왔다.

발이 찌릿찌릿한 통증에 힐끗 바닥을 본 김호철이 데스 나이트와의 합체를 풀었다.

화아악!

합체를 풀자 통증이 사라진 김호철이 주위를 바라보았다. 주위에 있는 군인들은 김호철을 호기심 어린 눈으로 보고 있었다. 바다에서 생활하는 해군들이지만 인터넷도 되고 TV도 볼 수 있다. 그러니 블러드 나이트에 대한 동영상은 그들도 접할 수 있는 것이다.

군인들의 시선을 받으며 김호철이 서 있자 곧 한 군인이 그에게 다가왔다.

"최운수 중령입니다."

"김호철입니다."

김호철과 악수를 하며 최운수가 힐끗 바다를 보고는 말했다.

"바다에 생성되는 게이트에는 능력자들이 잘 오지 않는데."

강에서 열리는 게이트도 능력자들은 기피한다. 몬스터와 싸워야 하는데 물은 어쨌든 싸우기 불편하니 말이다.

강도 그런데 여기는 바다다. 바다에 빠지면 파도에 휩쓸려 어떻게 될지 모르니 능력자들은 바다에서 열리는 게이트에 가지 않는 것이다.

"저는 하늘을 날 수 있고 또 능력자들이 잘 오지 않으니 사냥하기 쉬울 것 같아서 왔습니다."

김호철은 그래서 일부러 바다에 열리는 게이트를 찾아왔다. 능력자들과 섞이지 않고 혼자 사냥을 하기 위해서 말이다.

"혼자 가능하겠습니까? 바다에 빠져 죽는 몬스터가 많기는 하지만 비행형과 바다에서 움직일 수 있는 몬스터도 꽤 있습니다."

"안 되면 도망치면 되겠죠."

하지만 김호철은 도망칠 일은 없을 거라 생각했다. 생각대로 된다면 쉽게 끝날 것이다.

김호철이 바다를 보다가 최운수를 향해 말했다.

"그런데 군함은 왜 여기에 있는 겁니까?"

"육지로 향하는 몬스터들 방어와 인근 해안에 어선들이 들어오지 못하게 하는 임무입니다."

"SG는?"

"없습니다."

"SG도 없이 몬스터를 상대할 수 있겠습니까?"

김호철의 말에 최운수가 웃었다.

"육지에서는 사용하지 못할 화력을 이 바다에서는 가할 수 있습니다. 아무리 거대 몬스터라 해도 고깃덩어리일 수밖에 없습니다."

최운수가 군함에 달려 있는 커다란 포신을 가리키며 하는 말에 김호철이 고개를 끄덕였다.

맞는 말이다. 육상에서는 주변 피해를 의식해 강한 화력을 사용하지 못한다. 하지만 이곳은 바다. 주변 피해를 신경 쓰지 않고 함포 사격을 가할 수 있다.

게다가 갑판 한쪽에 전투 헬기도 한 대 고정이 되어 있는 것을 보면 비행 몬스터에게도 충분한 대미지를 줄 수 있을 것이다.

하지만…….

"언데드와 같은 것은 어떻게 합니까?"

언데드, 그중 고스트와 같은 존재는 포격을 받아도 대미지를 입지 않는다.

"본함은 언데드를 대비해 성수와 은을 섞은 도료로 코팅이 되어 있습니다. 그리고……."

최운수가 한쪽에 있는 캐틀링건을 가리켰다.

"저 캐틀링건은 언데드와 마법 몬스터를 잡아내는 마나탄들로 채워져 있습니다. 2㎞ 이내 목표를 자동으로 추적해 제거합니다."

최운수의 말에 김호철은 갑판에 내려서기 싫어하던 데스 나이트의 반응이 떠올랐다.

'그래서 내려오기 싫었던 거군.'

데스 나이트도 언데드 계열이기에 은과 성수에는 대미지를 받는 것이다.

"어쨌든 블러드 나이트가 있으니 이번 임무 조금 안심이 되는군요."

"저를 오인 사격이나 하지 마십시오."

"그런 걱정은 하지 마십시오."

"이제 슬슬 게이트가 열리려는 모양이군요."

이야기를 나누던 김호철이 점점 마나가 차오르는 것을 느끼고는 무릎을 굽혔다가 크게 박찼다.

화아악!

데스 나이트와 합체를 한 김호철이 뇌전의 날개를 펼치며 솟구치다가 손을 내렸다.

"웨어 라이온."

화아악! 화아악!

김호철의 손에서 뿜어진 검은 기운에 웨어 라이온이 나타났다.

"크르릉!"

낮은 울음을 흘리며 나타나는 몬스터의 모습에 최운수가

김호철을 올려다보았다.

"배 위로 올라오는 몬스터들은 이 녀석들에게 맡기십시오."

"든든하군요."

최운수의 말에 고개를 끄덕인 김호철이 다른 전함에도 지상형 몬스터들을 풀어놓았다.

어차피 바다 위라 사용할 수 있는 몬스터는 몇 되지 않았다. 나가와 가고일 정도만이 바다에서 싸울 수 있다. 그래서 몬스터들을 군함 위에 풀어놓고 있는 것이다. 어차피 게이트가 열리는 곳이라 마나도 넘치고 있으니 말이다.

김호철이 바다에 나가와 골렘을 풀었다.

쏴아악! 쏴아악!

커다란 물보라를 일으키며 바다 속으로 가라앉는 골렘을 보며 김호철이 주위를 바라보았다.

'이제 곧 열릴 것 같은데…….'

점점 더 강해지는 마나의 기운을 보니 게이트가 곧 열릴 것 같았다. 잠시 기다리자 곧 저 멀리서 마나의 결정들이 모이는 것이 보였다. 그와 함께 김호철의 몸에도 마나들이 넘쳐흐르기 시작했다. 그리고…….

'고정.'

정신을 집중한 김호철이 3번의 능력, 마나 고정을 펼쳤다.

화아악! 화아악!

주위에 흐르는 마나들이 고정이 되는 것을 느끼며 김호철이 게이트가 열리는 곳을 주시했다.

'몬스터들 죽어서 떨어지면 마나석 잘 챙겨.'

바다에 있는 나가에게 명령을 내린 김호철이 정신을 집중했다.

'이그니스.'

화르르륵!

김호철의 부름에 그의 양손에 불꽃이 뿜어지기 시작했다. 그리고…….

번쩍!

순간 빛이 뿜어지며 게이트가 열렸다.

"이그니스! 전력으로 뿜어내!"

그와 동시에 김호철의 양손에서 거대한 불꽃이 게이트가 열리는 곳으로 맹렬하게 뿜어져 나갔다.

화르륵! 화르륵!

이때까지 단 한 번도 전력으로 뿜어내 본 적이 없는 이그니스의 불꽃…….

그와 함께 김호철의 몸에서 막대한 마나가 뽑혀져 나갔다. 하지만…….

'상관없어!'

게이트가 열리는 곳은 마나가 충만하다. 그리고 그 막대한 마나를 지금 김호철은 주위에 고정시켜 놓았다.

"흡!"

숨을 들이마시자 마나의 결정들이 김호철의 입으로 빨려 들어왔다. 신의 교단과 싸울 때 고정했던 것과는 비교할 수 없는 막대한 양의 마나가 김호철의 몸으로 흡수되었다. 그때마다 김호철의 손에서 뿜어지는 불길은 더욱 강해지고 넓게 퍼져 나갔다.

화르륵! 화르륵!

김호철의 손에서 뿜어진 불길이 하늘을 불태우기 시작했다.

후두둑! 후두둑!

게이트가 열리며 쏟아져 나오던 몬스터들이 불길에 휩싸여 바다로 떨어지기 시작했다.

그것을 보던 김호철이 가고일들을 데리고 게이트가 있는 곳으로 빠르게 날아가기 시작했다.

'이거 화력이 너무 세도 안 좋네.'

몬스터가 새까맣게 타들어 가 흩어지는 바람에 뭐가 뭔지 알 수가 없는 것이다.

'나가들아, 잘 챙겨라.'

중얼거림과 함께 김호철이 빠르게 게이트를 향해 다가갔다. 그리고 김호철의 눈에 거대한 몬스터 하나가 불에 타들어 가며 바다로 떨어지는 것이 보였다.

"오거다!"

이미 죽은 듯 꼼짝도 하지 않고 그대로 추락을 하는 오거의 뒤로 김호철이 빠르게 다가갔다.

"칼! 마나석!"

김호철의 명령에 칼이 양손을 모아서는 그대로 오거의 몸을 파고들어 갔다.

파앗! 푸우욱!

오거의 몸에 파고든 김호철은 곧 역겨운 냄새에 정신을 잃을 뻔했다.

'크으윽!'

썩은 고기 냄새와 함께 살 타는 냄새……. 하여튼 복잡하게 섞인 역겨운 냄새에 김호철이 눈을 찡그렸다.

'마나석만 뽑아내지 여길 왜 들어와.'

오거의 몸속에 파고들 것까지는 없지 않나 하는 생각을 잠시 하던 김호철은 곧 기분이 좋아졌다. 그의 손에 사람 머리만 한 마나석이 잡힌 것이다.

'나이스!'

파앗!

오거의 가죽을 뚫고 나온 김호철의 손에는 우유 빛깔 마나석이 고이 들려 있었다.

흐뭇한 얼굴로 마나석을 들고 있던 김호철의 눈에 반짝이는 것들이 보였다.

'마나석이다!'

하늘에서 떨어지는 반짝이는 것들은 바로 마나석이었다. 새까맣고 붉은색을 띠고 있는 마나석들이 떨어지고 있었다.

'오예!'

사체에서 꺼낼 필요도 없이 떨어지는 마나석들……. 게다가 색깔을 띠고 있는 것을 보면 속성을 가진 마나석이다. 아마도 물질 형태가 없는 언데드나 마법 생명체가 이그니스의 불길에 휩싸여 죽으며 마나석만을 남긴 모양이었다.

어쨌든…….

파지직! 파지직!

김호철의 몸이 빠르게 움직이며 떨어지는 마나석들을 챙기기 시작했다.

타타탓!

빠르게 마나석을 받아내던 김호철이 웨어 울프 둘을 불러들였다.

화아악! 화아악!

검은 기운이 되어 흡수되는 웨어 울프들을 다시 뽑아 가고일에게 안게 한 김호철이 그들의 몸 위에 마나석을 올려놓았다.

"떨어뜨리지 마."

김호철의 말에 가고일의 품에 안긴 웨어 울프들이 몸을 웅크리며 마나석들을 품에 안았다. 그 모습을 기특하다는 듯 본 김호철이 다시 하늘을 날아올랐다.

파지직! 파지직!

하늘로 솟구친 김호철은 주위를 바라보았다. 하늘 한쪽에 운이 좋게 이그니스의 불길을 피한 비행형 몬스터들이 도망을 가고 있었다. 아무리 몬스터라고 해도 지능이 있는 놈들……. 순식간에 몬스터를 몰살시켜 버린 김호철에게 두려움을 느끼고 도주를 하고 있는 것이다.

하지만 그 수는 극소수…….

'저놈들은 내버려 두고…….'

김호철은 바다를 바라보았다. 바다에도 몬스터들이 둥둥 떠다니고 있었다. 트롤부터 웨어 라이온까지 몬스터 뷔페가 따로 없었다. 대부분 의식을 잃은 듯 두둥실 떠다니고 있었지만 아직도 상당수가 살아 헤엄을 치거나 바둥거리고 있었다.

'이그니스의 불꽃이라도 한 번에 다 쓸어버리는 것은 무리였나?'

하지만 상관없었다. 몬스터들이 떠다니는 바다로 천천히 하강하는 김호철의 몸에서 뇌전이 번뜩이기 시작했다.

파지직! 파지직!

뇌전을 머금은 채 바다 위에 내려선 김호철이 미소를 지었다.

“마나는 넘쳐 나니까. 뇌전.”

파지직! 파지직!

김호철의 손에서 뿜어진 뇌전이 수면을 질주하기 시작했다.

김호철은 제대한 군인처럼 더블백을 등에 메고 수정 카페 안으로 들어섰다.

“다녀왔습니다.”

김호철의 말에 마리아가 생긋 웃으며 그를 바라보았다.

“오셨어요.”

“오늘 크게 한 건 했습니다.”

김호철이 바 위에 더블백을 올려놓았다.

쿵!

묵직한 소리를 내며 놓이는 더블백의 모습에 마리아가 놀란 듯 말했다.

“설마 이게 다?”

“마나석입니다.”

김호철의 말에 마리아가 놀란 얼굴로 더블백을 열어 안을 보았다.

"와아……."

더블백 안에는 형형색색의 마나석이 하나 가득 들어 있었다.

"A급도 세 개나 있습니다."

자잘한 것 열 개, 스무 개보다 A급 하나의 가격이 더 세다. 그래서 김호철은 기분이 좋았다.

"대단하네요."

마리아가 더블백에서 마나석들을 꺼내 바 위에 올려놓는 것을 보던 김호철이 주위를 둘러보았다.

"그런데 혜원이는?"

"혜원 언니는 박 팀장님 팀과 함께 게이트에 갔어요."

"혜원이가?"

마리아의 말에 김호철의 얼굴이 굳어졌다. 오늘 박천수와 직원들이 게이트를 간다는 것은 알고 있었다.

같이 가려는 김호철에게 박천수가 돈 벌러 가는 건데 너까지 가면 몫 떨어진다고 바다에 열리는 게이트로 가라 했던 것이다. 생각을 해보니 박천수의 말이 옳은 듯해 김호철은 바다에서 열리는 게이트를 향해 날아갔었다.

그런데 혜원이가 박천수를 따라갔을 줄은 몰랐던 것이다.

"어디로 갔습니까?"

김호철이 밖으로 나가려 하자 마리아가 고개를 저었다.

"그쪽도 곧 게이트가 열려요. 지금 간다고 해도 도착할 때쯤이면 몬스터 퇴치는 끝났을 거예요."

"이 녀석이 위험하게……."

김호철이 투덜거리자 마리아가 더블백에서 마나석들을 꺼내 내려놓으며 입을 열었다.

"혜원 언니…… 애 아니에요."

마리아의 말에 김호철이 그녀를 바라보았다. 그런 김호철의 시선을 받으며 마리아가 마나석을 분류했다.

"혜원 언니 실력은 A급이에요. 아니, 서포트 실력으로만 따지면 전국 어느 길드에서도 스카우트를 해가고 싶어 할 정도예요. 고통이라는 능력, 어떤 몬스터라도 순식간에 전투불능으로 만들 수 있으니까요."

잠시 말을 멈춘 마리아가 아차 하고는 김호철에게 커피 한 잔을 따라 내려놓았다.

"일하고 오신 상이에요."

마리아가 내려놓은 커피를 잠시 보던 김호철이 그것을 한 모금 마셨다.

'쓰네.'

김호철이 입맛을 다실 때 마리아가 입을 열었다.

"게다가 혜원 언니의 부하들도 다들 뛰어나죠. 코지로 씨만 해도 우리 사무소 강자인 천만 오빠에 뒤지지 않는 실력자예요."

"무슨 말을 하는지는 알겠습니다. 저도 혜원이가 위험할 것이란 생각은 하지 않습니다. 천수 형님도 있고 윤희도 있고 다른 분들도 있으니까요. 하지만…… 혜원이가 굳이 그런 일을 하지 않아도 제가……."

"살펴줄 수 있겠죠. 이것만 봐도 앞으로 호철 씨가 벌 돈이 가늠이 되니까."

마리아가 바 위에 분류가 된 마나석들을 보더니 계산기를 두들기며 말했다.

"하지만 혜원 언니 생각은 그런 것이 아닐 거예요. 받기만 하는 건 아무리 가족이라도 부담이에요."

타타탁!

마나석 가격을 계산하던 마리아가 살짝 놀란 표정을 짓다가 계산기를 김호철에게 내밀었다.

〈8,757,800,000〉

"팔십칠억?"

"역시 돈을 벌려면 A급 마나석이네요."

마리아가 한쪽에 있는 A급 마나석 세 개를 손으로 두들겼다.

"이게 칠십억이에요."

마리아의 말에 김호철이 고개를 끄덕였다. 사실 더 모을 수도 있었다. 미처 잡지 못하고 바다에 떨어진 마나석들이 있었다.

하지만 그 마나석 줍겠다고 바다를 뒤질 수도 없는 노릇이니 그냥 포기하고 온 것이다.

"앞으로도 A급 몬스터는 바로 잡아야겠네요."

말을 하던 김호철이 문득 주위를 보다가 초아를 불렀다.

화아악!

"초아 너, 마나석 좋아한다고 하던데?"

—좋아합니다.

초아가 마법 생명체이기는 하지만 자아를 가지고 있다. 그동안 초아에게 신세를 진 것도 많고 해서 박천수에게 초아가 혹시 좋아하는 것이 있냐 물었었다.

"초아 좋아하는 것? 초아는 마나석 좋아해."

"마나석?"

"초아의 에너지가 바로 마나잖아. 그리고 그 에너지원이 바로 마나석이고. 그래서 자기 입맛에 맞는 마나석을 좋아해."

박천수의 이야기를 떠올린 김호철이 마나석을 가리켰다.

"혹시 마음에 드는 것 있어?"

–주시는 것입니까?

초아의 말에 김호철이 웃으며 고개를 끄덕이려다가 문득 그녀를 바라보았다.

"마음에 드는 것은 있어?"

김호철의 말에 초아가 슬며시 손을 들어 마나석 하나를 가리켰다.

'A급은 제발…….'

하나 주려고 마음은 먹었지만 A급을 고른다면…… 난감한 일이다.

김호철이 A급을 고르지 말라고 속으로 기도를 할 때, 초아가 붉은 B급 마나석을 가리켰다.

'다행이다.'

속으로 중얼거린 김호철이 초아가 고른 마나석을 들었다. 붉은색이 선명한 마나석……. 어떤 몬스터에게서 나왔는지 몰라도 색을 보니 화염 속성을 가진 마법 생명체에게서 나온 것 같았다.

"자."

김호철이 마나석을 내밀자 초아의 얼굴에 살짝 미소가 어렸다.

–감사합니다.

손을 내밀어 마나석을 받아 드는 초아의 모습에 김호철이 웃다가 얼굴이 굳어졌다.

초아가 주먹만 한 마나석을 가만히 어루만지다가 그걸 입으로 넣고 있었다.

그 귀여운 얼굴의 입이 커다랗게 벌어지며 들어가는 마나석의 모습을 김호철이 놀란 얼굴로 보고 있을 때, 마리아가 급히 말했다.

"마나석 먹을 때는 사람 안 보는 데서 먹으라니까."

마리아의 말에 초아가 슬쩍 김호철을 보고는 슬며시 마나석을 다시 토해냈다.

그 모습이 더 보기 힘든 김호철이 슬며시 고개를 돌렸다.

"그냥 편하게 먹어."

김호철의 말에 초아가 몸을 돌려서는 다시 마나석을 먹기 시작했다.

그 모습을 곁눈질로 힐끗 본 김호철이 입맛을 다셨다. 초아에게 저런 면이 있을 줄은 몰랐던 것이다.

'대박…….'

수정 카페가 내려다보이는 부평 공원 정자에 해피 종합 무역상사 사장과 그에게 보고를 했던 남자가 서 있었다.

"저기가 블러드 나이트가 있는 직업 사무소인가?"

사장의 말에 남자가 고개를 끄덕였다.

"그렇습니다. 두 시간 전에 카페에 들어가는 것을 저희 직원이 확인했습니다."

"그럼 안에 들어가면 볼 수 있겠군."

사장의 말에 남자가 잠시 말이 없다가 입을 열었다.

"그런데 굳이 사장님이 가실 필요가 있겠습니까? 제가 가겠습니다."

"영업 상무가 권한이 많나, 내가 더 많나?"

"그야 사장님께서……."

"저 안에서 자네가 답할 수 없는 거래가 벌어진다면? 자네 임의로 거래를 할 건가?"

영업 상무가 말을 하지 못하자 사장이 고개를 끄덕였다.

"그래서 내가 가야 하는 거야. 책임을 지든 거래를 하든 저 자리에서 결정을 할 수 있는 사람이 바로 나니까."

말과 함께 사장이 바지에서 지갑을 비롯한 잡다한 물건을 꺼내 영업 상무에게 건넸다. 혹시라도 자신이 잡혔을 때 신분을 증명할 만한 물건들을 없애는 것이다.

"일이 잘되면 좋겠지만 안 되면 바로 상사 접고 독일 지점으로 이동해."

"사장님은?"

"안 되면……."

잠시 말이 없던 사장이 말했다.

"내 서랍에 편지 한 통 있는데 집에다 보내주게."

각오를 한 듯한 사장을 보며 영업 상무가 고개를 숙였다.

"돌아오시기를 바라겠습니다."

영업 상무의 말에 고개를 끄덕인 사장이 손을 흔들자 영업 상무가 몸을 돌려 부평 공원을 떠나갔다.

영업 상무가 사라지고 시간이 잠시 지나기를 기다린 사장이 손에 끼고 있던 반지를 뽑았다.

화아악!

그와 함께 중년의 반쯤 벗겨진 대머리 사내의 모습이 금발의 화려한 외모를 한 미중년으로 바뀌었다. 보는 것만으로 위압감이 느껴지는 중후한 매력을 뚝뚝 떨어지는 사장이 머리카락을 손으로 한 번 휘저었다.

"역시 숱이 많은 것이 좋아."

작게 중얼거린 사장이 수정 카페를 한 번 보고는 걸음을 옮기기 시작했다.

김호철은 마리아가 해준 카레를 먹고 있었다.

"그런데 소장님은 카레 말고는 할 수 있는 요리가 없습니까?"

김호철의 물음에 마리아가 웃으며 고개를 저었다.

"다른 것도 할 수 있어요."

"그런데 왜 늘 카레만 하시는 겁니까?"

김호철의 말에 마리아가 미소를 지었다.

"맛있잖아요. 그러니 많이 드세요."

웃으며 마리아가 김호철의 그릇에 카레를 한 주걱 퍼 부었다.

주루룩! 주루룩!

걸쭉한 카레가 밥 위를 흘러가는 것을 보며 김호철이 입맛을 다셨다.

확실히 마리아가 만든 카레는 맛이 있다. 다만…… 매일 카레를 만들어서 문제지.

딸랑!

'왔나?'

문이 열리는 소리에 고개를 돌렸던 김호철의 얼굴에 의아함이 어렸다. 직원들이 돌아온 것이라 생각을 했는데 문을 열고 들어온 사람은 금발의 외국인이었다. 평범한 정장을 입고 있기는 했지만 누가 봐도 한 번쯤 돌아볼 만한 화려한 외모에 중후한 매력이 있는 금발의 중년인…….

'잘생겼네.'

김호철이 그런 생각을 할 때 금발의 중년인이 바 앞에 앉으며 말했다.

"커피 향이 아주 좋습니다."

중년인의 말에 마리아가 미소를 지었다.

"카레 냄새가 섞여서 좀 향이 나쁠 텐데……."

"카레 향도 좋군요. 아메리카노 진하게 부탁드리겠습니다."

마리아가 고개를 끄덕이고는 커피를 내리기 시작하자 김호철이 중년인을 힐끗 바라보았다.

그 모습에 중년인이 작게 고개를 끄덕이자 김호철이 그를 보다가 말했다.

"한국말을 잘하시네요."

"태어난 곳은 이 땅이 아니지만 먹고살려고 이 땅에 왔으니 이 땅 말을 써야겠지요."

"이 근처 분이 아니신 것 같은데……."

이 근처 사람은 수정 카페에 오지 않는다. 특이한 능력자들이 운영하는 카페라 소문이 나서 일반 손님은 오지 않는 것이다.

"얼굴을 보고 그런 것도 아십니까?"

웃으며 중년인이 마리아가 주는 커피 잔을 받았다. 아주 작은 잔에 담겨 나온 아메리카노를 보며 중년인이 향을 맡았다.

"흠…… 향이 아주 좋군요. 아주 좋은 커피입니다."

"어머, 알아보시네요?"

"커피를 좋아하니까요. 특히 커피에서 나는 살짝 탄 향…… 이 커피는 원두를 아주 잘 볶았군요."

중년인의 말에 마리아의 얼굴에 흐뭇함이 어렸다. 자신의 커피를 이렇게 잘 알아봐 주는 사람은 이 중년인이 처음인 것이다.

늘 마시는 사무소 직원들도 이 맛을 알아보지 못하고 설탕하고 우유와 막 섞어 먹으니 말이다.

"커피와 어울리는 케이크가 있는데 한 조각 드시겠어요? 케이크는 제가 서비스로 드릴게요."

"커피에 달콤한 케이크만큼 어울리는 것이 없지요."

중년인의 말에 마리아가 웃으며 바 한쪽에서 케이크 한 조각을 잘라 그 앞에 놓았다.

"저는 마리아예요."

마리아의 말에 중년인이 미소를 지으며 입을 열었다.

"카인……."

그러고는 중년인이 김호철을 바라보았다.

"카인 폰 그란디스 후작입니다."

멈칫!

중년인, 아니, 카인 폰 그란디스의 소개에 김호철이 수저를 가만히 내려놓았다.

"카인…… 폰 그란디스 후작?"

카인 폰 그란디스 후작…….

이름부터 특이하고 뒤에 붙는 직급도 특이하다.

그리고…….

'폰…… 이거 저쪽 놈들 이름에 붙는 건데.'

김호철이 그런 생각을 할 때, 그의 몸에서 검은 기운이 뿜어졌다.

화아악! 화아악!

뿜어져 나온 검은 기운이 순식간에 데스 나이트로 변했다.

철컥! 철컥!

하나는 김호철의 옆에, 그리고 다른 하나는 언제든지 공격을 할 준비를 한 채 카인의 옆에 섰다.

그 모습에 김호철이 손을 들었다.

"일단 대기."

김호철의 지시에 데스 나이트들이 굳은 듯 그 자리에 멈춰 섰다.

그런 데스 나이트들을 호기심 어린 눈으로 보는 카인, 그리고 그런 카인을 보는 김호철…….

'카인의 이름을 듣고 칼과 다니엘이 반응을 했다. 알고 있는 자인가? 아니면 그란디스라는 가문을 아는 것인가?'

로엘도 다니엘의 가문인 디스의 창이 뛰어나다는 것을 알고 있었다.

'그렇다면 그란디스라는 가문의 이름이 칼과 다니엘을 이렇게 긴장시킬 정도의 힘을 가지고 있다는 건가?'

카인을 잠시 보던 김호철이 카레 그릇을 앞으로 밀어놓으며 몸을 돌렸다.

스윽!

김호철이 자신을 향해 의자를 돌려 앉자 카인이 커피 잔을 내려놓았다.

달칵!

잔을 내려놓은 카인도 김호철을 향해 의자를 돌렸다.

스르륵!

동그란 바 의자가 부드럽게 돌아가며 김호철과 카인이 서로를 마주 보며 앉았다.

"내가 생각하는 상황이 있는데…… 지금 그 상황인가?"

김호철의 반말에 카인이 웃으며 입을 열었다.

"어떤 상황인지 모르지만 저는 싸우러 온 것이 아니라는 것은 말씀드리고 싶습니다."

"그럼 뭐 하러 왔어? 이야기?"

김호철의 말에 카인이 작게 고개를 끄덕이고는 고개를 숙였다. 카인의 시선이 닿은 곳은 김호철의 손이었다.

그 시선에 김호철은 어쩐지 도둑놈이 된 것 같은 기분이 들었다. 그의 손에는 통역 반지가 끼워져 있으니 말이다.

스윽!

하지만 김호철은 그게 뭐 어떠냐는 시선으로 손을 바 위에 올렸다.

그런 김호철을 보며 카인이 입을 열었다.

"어떻게, 반지는 마음에 드십니까?"

"물건이 좋더군."

"물건이 좋다니 다행이라 해야 하는데……. 저희 사람들이 지금 고생할 것을 생각하니 조금 가슴이 아프군요."

카인의 말에 이때까지 아무 말 없던 마리아가 말했다.

"그래서 무슨 일인가요? 반응을 보니 싸우자고 오신 것은 아닌 듯한데."

마리아의 말에 카인이 그녀를 바라보고는 입을 열었다.

"게이트 너머에서 저희들이 이 세상으로 왔다는 사실…… 이 세상 사람들도 어느 정도 눈치를 채고 있다는 것, 저희도 알고 있습니다."

"그래서?"

김호철의 말에 카인이 입을 열었다.

"그래서 저희도 선택을 해야 할 시간이 왔음을 알았습니다."

선택이라는 말에 김호철이 그를 가만히 바라보았다.

"선택이라면 어떤?"

"저희를 드러내고 이 세상 사람들과 협력을 할 것인지, 아니면 이대로 꼬리를 자를 것인지."

꼬리를 자른다는 말에 김호철이 카인을 보다가 입을 열었다.

"그 꼬리에 설마 나도 포함이 되는 건가?"

"상황에 따라 다르겠지요."

카인의 말에 김호철이 그를 보다가 핸드폰을 꺼냈다. 그리고 누군가에게 전화를 걸었다. 상대가 전화를 받자 김호철이 전화기를 스피커 모드로 돌리고는 바 위에 올려놓았다.

"김호철입니다."

"무슨 일인가?"

남성의 목소리에 카인이 슬쩍 핸드폰에 표시된 수신자 번호를 바라보았다.

〈SG 국장〉

4장
회담

SG 국장이라는 표시에 카인이 웃었다.

"이거…… 너무 바로 본론으로 들어가는 것 아닙니까?"

"옆에 누가 있나?"

카인과 도원군의 말에 김호철이 입을 열었다.

"게이트 너머에서 온 후작이라는 자가 제 앞에 있습니다."

김호철의 말에 도원군은 말이 없었다. 그리고 잠시 후…….

"일 분만 기다리게."

그것으로 전화를 끊은 도원군.

힐끗 전화기를 본 김호철이 카인을 바라보았다.

"무슨 이야기를 할지 모르겠지만 내 선에서는 협상을 할 건더기가 없어서 윗사람을 불렀다."

"칠장로 중 일인인 도원군이라……. 뭐 괜찮겠지요. 이왕 이야기하러 온 것이니."

별다른 생각이 없는 듯한 카인의 모습에 김호철이 물었다.

"도 국장께서 당신을 잡으려 할 수도 있는데 괜찮소?"

"괜찮습니다."

별문제 없다는 듯한 카인의 행동…….

'자신감인가?'

자신감이라고 생각한다면 카인이라는 자, 멍청한 것이다.

자신도 강하지만 도원군 역시 강하다. 아니, 일대일이라는 가정을 하고 이그니스를 쓰지 않는다면 자신보다 더 강한 대미지를 줄 수 있을 것이다.

그런 자신과 도원군을 동시에 상대할 수 있다 생각을 한다?

그냥 밟아버리면 된다. 아무리 강하다 해도 사람이 그 정도로 강할 것이란 생각을 할 수 없다.

'아니면…… 정말 상관이 없다는 것인가?'

만약 후자라면…… 문제가 있다. 김호철과 도원군을 상대로 최소한 도망을 칠 수 있는 한 수가 있다는 것이니.

그런 생각을 할 때 문이 열렸다.

딸랑!

문이 열리며 들어온 것은 도원군이었다.

'순간이동 정말 좋기는 하군.'

서울에서 인천 부평까지 이렇게 순식간에 오다니…….

"오셨습니까?"

안으로 들어오는 도원군에게 김호철이 눈짓으로 카인을 가리켰다. 그에 고개를 끄덕인 도원군이 카인을 향해 다가갔다. 다가오는 도원군을 향해 의자를 돌린 카인이 손을 내밀었다.

"사진으로는 많이 봤는데 이렇게 직접 만나니 반갑군요. 카인 폰 그란디스 후작입니다."

"후작이라……. 거물이군."

악수를 하려 내민 자신의 손을 무시하는 도원군의 시선에 카인이 어색하게 손을 거뒀다.

"귀족들에 대해 아십니까?"

"공, 후, 백, 자, 남. 이 다섯 계급 중 후작이 두 번째……. 따지고 보면 왕족 바로 밑의 거대 귀족이 아닌가."

"맞습니다."

"그래서……."

스윽!

도원군이 주위를 둘러보았다.

"혼자 왔다는 건가?"

"이야기를 하러 왔을 뿐입니다."

"우리가 잡아놓은 사람들을 구하기 위해 온 건가?"

"내어주실 겁니까?"

"일단 SG로 가서 이야기하는 것이 어떤가? 자네 수하들도 만나 봐야 하지 않겠나?"

도원군의 말에 카인이 웃었다.

"제가 그리 순진해 보이십니까?"

그런 카인을 보며 도원군이 웃었다.

"하긴 너무 쉽게 가려고만 하면 안 되겠지. 그럼…… 힘을 써야 하나?"

"힘을 써서 데려가려 하셨다면 들어올 때 시작을 하셨겠지요."

카인의 말에 그를 보던 도원군이 고개를 끄덕였다.

"좋아, 무슨 이야기를 하러 온 것인지 일단 들어보도록 하지."

도원군이 의자 하나를 들고 와서는 앉았다.

"그럼 이야기해 보세."

도원군의 말에 카인이 입을 열었다.

"일단 제가 선물로 정보 몇 개를 드리도록 하지요."

"정보? 아무런 대가도 없이?"

"제 정보가 마음에 든다면 제 수하들에 대한 편의를 부탁드리겠습니다."

"풀어 달라는 것이 아니라 편의인가?"

도원군의 말에 그저 미소를 지은 카인이 입을 열었다.

"일단 여러분이 가장 궁금한 것이……."

"너희들의 목적이다. 왜 게이트를 넘어 지구로 온 거지? 그리고 왔다면 지구인들과 교류를 할 것이지 왜 숨어서 일을 꾸미는 것인가?"

도원군이 빠르게 질문을 쏟아내자 카인이 그를 보다가 말했다.

"일단 게이트를 넘어 지구로 온 이유는 이 세상의 문명을 조사하고 저희 세상에 필요한 것들을 구하기 위해서입니다."

"너희 세상에 능력자가 필요한 것인가? 그래서 납치를 해 가는 것인가?"

도원군의 말에 카인이 입맛을 다시며 고개를 저었다.

"이 이야기는 조금 이따가 하려 했는데 먼저 물으시니 그에 대한 답부터 하도록 하지요. 일단 저희는 능력자를 납치하지 않습니다."

"저희는 하지 않는다? 그럼 다른 곳은 한다는 말인가?"

"그에 대한 정보는 우리가 서로 조금 더 알아가고 난 후에 드리지요. 저라고 모든 정보를 다 드릴 수는 없는 일이니."

카인의 말에 김호철이 고개를 끄덕였다.

"옳은 말이군. 좋아 하지만 이건 묻고 싶은데 너희들에게 필요한 것이란 뭐지?"

김호철의 물음에 카인이 그를 보며 말했다.

"이 세상의 병기와 물품들이 괜찮더군요. 특히 총이라는 병기는 휴대와 사용이 편해 아주 마음에 들었습니다.

"결국은 무기인가?"

김호철의 중얼거림에 카인이 고개를 저었다.

"마음에 든다는 것이지 그것 때문이라고는 하지 않았습니다. 약과 유전자 조작이 돼 병과 벌레에 강한 쌀과 밀의 종자들도 저희 세상에는 아주 중요한 물품입니다."

"그럼 왜 이렇게 숨어서 일을 진행하는 거지? 무기는 몰라도 약과 식량은 충분히 너희들과 교역을 할 수 있는 물품들이다."

"저희 쪽에도 그럴 만한 사정이 있다는 정도로만 말씀을 드리겠습니다."

카인의 답에 그를 보던 김호철이 입을 열었다.

"지구로 오는 몬스터들은 너희들이 보내는 건가?"

김호철의 물음에 카인이 고개를 저었다.

"저희가 보내는 것이 아닙니다."

"그럼 왜 몬스터들이 넘어오는 거지?"

말을 해줘야 하나 말아야 하나 고민이 되는 듯 잠시 말이 없던 카인이 바 위를 딱 쳤다.

"이야기하러 왔다고 왔는데 묻는 것마다 답을 미루면 오지 않은 것만 못하겠지요. 좋습니다! 화끈하게 답을 해드리지요."

카인의 말에 김호철과 도원군의 얼굴이 진지해졌다. 지금 지구에서 가장 큰 문제인 게이트에 대한 비밀이 밝혀지는 것이다.

그런 두 사람의 시선을 받으며 카인이 입을 열었다.

"일단 이것을 먼저 이야기해 드리지요. 저희 세상과 이 세상은 시간의 차이가 있습니다."

"시간의 차이?"

"지구에서의 하루가 저희 아르카디안 대륙에서는 열흘…… 즉, 일 년이 우리 세상에서는 십 년입니다."

"시간이 열 배가 빠르게 흐른다?"

"그렇습니다. 지구에서 게이트가 열린 것이 이제 이십 년. 우리 세상에서는 이백 년 전에 게이트가 열렸습니다."

"그쪽에서도 게이트가 그냥 열렸다는 건가?"

"게이트가 그냥 열린 것은 아닙니다. 게이트는……."

잠시 말이 없던 카인이 입을 열었다.

"저희 세상의 마법사들이 연 것입니다."

카인의 말에 김호철이 입술을 깨물었다.

"그 마법사들은…… 다 죽었겠지?"

"인간은 시간의 흐름을 이길 수 없으니 다 죽었습니다."

카인의 답에 김호철이 한숨을 쉬었다.

'복수를 할 대상도…… 없구나.'

게이트가 열려 튀어나온 몬스터들에 부모님이 죽었다. 그리고 하나뿐인 동생과도 헤어져야 했다. 만약 그 마법사들이 살아 있다면 복수라도 할 텐데……. 죽었다니 그것도 할 수 없는 것이다.

그런 생각을 하던 김호철이 문득 카인을 바라보았다.

"시간의 흐름이 열 배라고 했는데……. 당신은 지구에 언제 온 거지?"

김호철의 물음에 카인이 잠시 미소를 짓다가 손가락으로 바 위를 두들기기 시작했다.

톡! 톡! 톡!

말없이 바 위를 손가락으로 두들기던 카인이 커피를 한 모금 마시고는 입을 열었다.

"벌써 십 년이 다 되었군요."

십 년이라는 말에 김호철과 도원군들의 얼굴이 굳어졌다.

"십 년이라면…… 당신 세계에서는 백 년……. 당신 가족들은?"

김호철의 물음에 카인이 씁쓸하게 웃었다.

"제 가족들이라고 시간의 흐름 앞에 어쩔 수 있겠습니까?"

카인의 답에 김호철이 그를 보다가 입을 열었다.

"가족들과 생이별을 한 채 그들의 죽음도 챙기지 못할 만큼…… 이 세상의 일이 당신에게 중요했습니까?"

이때까지 반말을 하던 것과 달리 존대를 하는 김호철을 보며 카인이 미소를 지었다.

"저에게 중요하고 말고는 의미가 없습니다. 저에게 중요한 것은 제가 이곳에 있는 것이 나라에 필요한 일인가 아닌가입니다."

카인의 진심이 담겨 있는 목소리에 김호철이 입맛을 다셨다. 나라를 위해 가족까지 포기하고 이 세상에 남은 자…….

'충신 났군.'

존경스러울 만한 사람이다. 나라를 위해 가족을 떠났다. 오직 나라를 위해…….

위인전에나 나올 만한 사람이다. 하지만…….

'내 가족이 우선이지.'

속으로 중얼거린 김호철이 카인을 보며 말했다.

"아무리 나라가 당신을 필요로 한다고 해도 가족들에게 미안하지 않습니까?"

김호철의 물음에 카인이 한숨을 쉬며 고개를 저었다.

"미안합니다. 너무 미안합니다."

카인을 잠시 보던 김호철이 고개를 끄덕였다.

"좋습니다. 그 이야기는 넘어가고 마법사들이 게이트를 연 목적이 뭡니까?"

"이백 년 전 저희 대륙은 오십 년 전쟁이라는 것을 겪고 난 후였습니다. 그 전쟁에 관한 이야기야 지루하기만 할 뿐이니 넘어가고……. 어쨌든 그 전쟁이 끝이 난 대륙에는 큰 문제가 하나 발생했습니다."

그게 뭐냐는 듯 바라보는 김호철과 도원군을 보며 카인이 입을 열었다.

"인간 간의 전쟁으로 토벌을 당하지 않아 기하급수적으로 불어난 몬스터였습니다."

"그래서 남아도는 몬스터들을 지구로 날려 보내자?"

김호철의 말에 카인이 고개를 저었다.

"제가 그 당시에 살고 있지 않아 그 정황을 정확히 알지는 못합니다. 기록에 의하면 당시 저희 대륙에서는 지구의 존재를 알지 못했습니다. 다만, 이백 년 전 어느 날 마법사들은 마나의 흐름이 변했음을 알았습니다."

말과 함께 카인이 물컵에 손가락을 담았다가 바 위에 동그라미를 그렸다. 그리고 그 동그라미 안에 손가락을 찍은 카인이 말했다.

"이 점이 저희 대륙이고 이 동그라미가 저희 대륙을 감싼 마나의 흐름이라고 할 때……."

카인이 동그라미에 손가락을 대고는 김호철 쪽으로 이었다.

"마법사들은 마나가 다른 세상, 다른 곳, 다른 차원으로 이동하는 것을 알았습니다."

"그곳이 지구라는 겁니까?"

"그때는 몰랐지만 맞습니다. 저희 세상의 마나가 무슨 이유에서인지 이 지구로 이동을 하고 있었습니다."

카인의 말에 김호철이 도원군을 바라보았다.

"태양폭발과 관련이 있을까요?"

김호철이 도원군을 보며 하는 말에 카인이 고개를 끄덕였다.

"지구에 온 저희 마법사들이 연구한 바에 의하면 이십 년 전 태양폭발의 에너지로 차원의 균열이 생겼고, 그 균열을 통해 저희 세상의 마나가 이곳으로 유입되고 있다라고……."

잠시 말을 멈춘 카인이 웃으며 말을 이었다.

"추정하고 있습니다."

"그쪽도 다는 알지 못한다는 거군요."

"그렇습니다. 하지만 중요한 건 저희 세상의 마나가 이곳으로 흘러가고 있다는 것이고, 그것으로 이 세상으로 향하는 게이트를 열 수 있었다는 것입니다."

카인의 말에 김호철이 잠시 그를 보다가 입을 열었다.

"그 게이트 닫을 수 있습니까?"

"그건…… 제가 뭐라 답을 할 수 없습니다."

"왜입니까?"

"게이트가 생기는 것으로 지구에 피해가 있는 것은 알지만……."

잠시 말을 멈췄던 카인이 김호철을 보며 말을 이었다.

"저희 대륙 입장에서는 몬스터를 줄이는 게이트가 필요합니다."

"지구는 어찌 되든 말든 그쪽은 상관이 없다는 것입니까?"

김호철의 물음에 카인이 웃었다.

"지구가 어찌 되든 말든이라는 말은 듣기 그렇지만…… 저희 대륙 입장에서는 어쩔 수 없습니다. 아직도 저희 대륙에는 몬스터가 너무 많습니다."

"후!"

카인의 말에 김호철이 피식 웃었다. 그 모습에 카인이 그를 보자 김호철이 고개를 끄덕였다.

"차라리 그 말을 들으니 다행이라는 생각이 듭니다."

"다행?"

"지구가 어찌 되든 말든 그쪽은 그쪽이 살기 위한 일을 했습니다. 그렇다면 저희 쪽도 그쪽이 어찌 되든 말든 우리가 살아남기 위한 일을 하면 됩니다. 어중간한 인정이나 평화라는 말은 신경 쓰지 않아도 되니 저희 쪽도 다행입니다."

"그렇습니까?"

"후! 그쪽에 몬스터가 있다면 저희에게는 핵이 있습니다."

핵이라는 말에 카인이 웃었다.

"하하하! 핵이라……. 확실히 파괴력에서는 저희 9서클 마법과 비견할 수 있는 위력이겠군요."

카인의 말에 김호철의 얼굴이 굳어졌다.

'핵과 비견되는 마법이 있다고?'

김호철이 놀랄 때 카인이 웃었다.

"핵과 비교되는 마법이 있다는 것에 놀란 모양이군요. 하지만 걱정하지 마십시오. 이 세상도 핵이 여기저기 굴러다니는 것이 아닌 것처럼 저희 세상도 9서클 마법사가 여기저기 굴러다니는 것은 아닙니다."

말은 이렇게 하지만 사실…… 카인의 세상에 9서클 마법사는 존재하지 않는다. 물론 9서클 마법이 핵과 비견된다는 것은 사실이다. 단지 9서클 마법을 쓸 수 있는 마법사가 없다는 것이 문제지. 하지만 굳이 자신들의 세상을 약하게 보일 필요는 없다.

"그리고 몬스터들을 보내는 게이트는 제가 열고 닫을 수 있는 것이 아닙니다. 이백 년 전 대마법사들이 만들어 놓은 마법진에 따라 몬스터를 보내는 것입니다."

"그 마법진을 파괴한다면……."

김호철의 말에 카인이 웃으며 말했다.

"마법진을 파괴한다면 당연히 몬스터를 이동시키는 게이트는 막을 수 있을 겁니다. 하지만…… 제가 왜 이 마법진에 대해 이야기를 했겠습니까?"

카인은 지구로 몬스터들을 보내는 것이 어쩔 수 없다 했다. 자신들이 살기 위해서라는 명목을 대면서 말이다.

즉, 카인은 게이트를 닫을 수 있는 힘이 있어도 닫지 않을 것이다.

"마법진을 파괴할 수 없다 생각하는군요."

김호철의 물음에 카인이 고개를 끄덕였다.

"사실 그 마법진이 어디에 있는지 그 누구도 알지 못합니다. 어디에 있는지도 모르는 마법진을 어떻게 파괴하겠습니까?"

잠시 말을 멈춘 카인이 김호철을 보며 말했다.

"그리고…… 제가 이 세상에서 겪은 바에 의하면 지구의 정치인들은 저희 세상에 핵을 보내지 않을 겁니다. 아니, 오히려 저희 세상에서 게이트를 닫으려 한다면 그들이 먼저 막지 말라고 사정을 할 것 같은데……."

카인이 미소를 지으며 김호철과 도원군을 바라보았다.

"제 생각이 틀렸습니까?"

카인의 말에 도원군이 웃었다.

"십 년이라……. 이 세상 정치인들에 대해 많이 공부를 했군."

"공부라 할 것은 없습니다. 저희 쪽이나 이곳이나 정치는 비슷하더군요. 99.9%의 백성보다 0.1%의 권력자들의 이익에 따라 정해지는 것이 바로 정치 아니겠습니까? 그리고 저는 제가 살던 세상에서 0.1%에 속한 사람이었습니다."

"같은 0.1에 속한 사람이라 그들 생각을 안다는 건가?"

"게이트가 열리면서 사람들이 피해를 많이 보기는 했지만…… 그 반대로 마나석으로 인한 이익도 상당합니다. 게이트가 닫힌다면 그 이익을 포기해야 하는데 지구의 권력자들이 그럴 것이라 생각이 되지 않습니다."

도원군의 말에 김호철이 작게 고개를 끄덕였다.

'맞는 말이다. 게이트를 통해 몬스터가 들어오지 않는다면 지구 경제가 크게 타격을 받는다.'

마나석으로 돌아가는 산업이 한둘이 아니다. 발전소를 시작으로 이제는 마나석을 동력으로 하는 자동차까지 나오고 있는 상황이다. 마나석이 생기지 않는다면 이런 산업이 모두 망할 것이다.

자신의 말을 이해한 듯한 두 사람을 보며 카인이 입을 열었다.

"어떻게, 제가 드린 선물은 마음에 드십니까?"

카인의 말에 고개를 끄덕인 김호철이 힐끗 도원군을 바라보았다. 도원군은 뭔가를 심각하게 생각하고 있었다.

김호철이 카인을 돌아보며 물었다.

"그래서 저희와 협력을 하겠다는 건데……. 저희에게 원하는 것과 우리에게 줄 수 있는 것이 뭡니까?"

김호철의 물음에 카인이 답을 하기 전에 도원군이 입을 열었다.

"그 전에 내 한 가지 물을 것이 있네."

"말씀하십시오."

"지구에서 게이트를 넘어간 사람들은 어떻게 되었나?"

도원군의 물음에 카인이 잠시 그를 보다가 입을 열었다.

"지구에서 게이트를 넘어간 사람들은 몬스터가 넘어오는 게이트를 통해 간 것입니다."

"그래서 결론은 뭔가?"

"방금 전 이야기한 대마법사들께서 만든 마법진은 몬스터들이 일정 지역에 일정 개체가 넘으면 발동을 합니다."

"결론이 뭐냐고 물었네."

심각한 도원군의 물음에 카인이 입맛을 다시고는 입을 열었다.

"게이트를 넘어간 자들은 몬스터들로 가득 찬 곳에서 나타나게 되는 것입니다. 살아남은 자가 있을 수도 있지만……. 대부분은 죽었을 겁니다."

"확실한가?"

"다른 나라는 모르겠지만 저희 나라 영역 안에서 지구인이 발견이 되었다는 이야기는 들은 적이 없습니다."

"십 년…… 아니, 백 년간이나 그 세상으로 가지 않은 자네가 그것을 어찌 아나?"

"자주 못 가서 그렇지 2년에 한 번 정도는 저도 제 세상으로 갑니다."

카인의 말에 김호철이 그를 바라보았다.

"게이트가 당신들이 알지 못하는 마법진에 의해 생긴다고 했는데 그럼 당신들은 어떻게 오가는 것입니까?"

김호철의 의문은 당연했다. 그에 도원군이 카인을 바라보았다. 그 두 사람의 시선을 받으며 카인이 고개를 끄덕였다.

"이백 년 전 대마법사들께서 만든 게이트에 비해 크기도 보낼 수 있는 양도 작기는 하지만…… 게이트를 만들어낼 수 있습니다."

카인의 말에 잠시 생각을 하던 도원군이 한숨을 쉬었다.

"2년이라……. 그럼 그쪽에는 20년 만에 한 번씩 가는 건가?"

고개를 끄덕인 카인이 잠시 생각을 하다가 입을 열었다.

"원하신다면 게이트 너머로 간 한국 능력자들과 군인들에 대한 조사를 하겠습니다. 그리고 찾는다면 본국에서 보호를 하겠습니다."

"보내주는 것이 아니라 보호인가?"

“보호입니다.”

이때까지 어느 정도 요구를 들어주는 것처럼 보이던 것과 달리 지금 카인의 말은 단호했다.

‘이 세상에서 하루가 그곳에서는 열흘…… 1년이라면 10년……. 그 기간을 저쪽 세상에서 살았다면 그곳의 정보를 대부분 알고 있을 것이다. 그래서 보내줄 수는 없다는 거구나.’

카인이 왜 보호라 하는지를 깨달은 김호철은 어쩐지 그에게 믿음이 갔다.

‘발견하는 대로 한국으로 보내준다고 말을 할 수도 있었다. 하지만 이자는 그러지 않았다.’

거짓을 말하지 않는다는 점이 최소한의 믿음으로 다가온 것이다.

“그렇군.”

한숨을 쉬며 고개를 저은 도원군이 카인에게 말했다.

“우리에게 원하는 것이 뭔가?”

“아르카디안 대륙 트루실 왕국과 지구 한국 간의 동맹입니다.”

“동맹?”

“서로 돕고 살자는 것입니다.”

웃으며 말을 하는 카인을 보며 도원군이 잠시 생각을 하다가 말했다.

"동맹도 서로 이해관계가 필요한 것이다. 원하는 것과 우리에게 줄 수 있는 것을 말해라."

"저희가 원하는 것은 저희들의 안전입니다."

"그뿐?"

무기와 식량과 의약품들을 원할 것이라 생각했던 도원군이 의아한 듯 카인을 보았다.

그 시선에 그의 생각을 읽은 카인이 웃으며 입을 열었다.

"저희들이 안전하게 움직일 수 있는 곳이 필요할 뿐입니다."

"어째서? 무기와 약품을 원한다 하지 않았나?"

"일단 지구는 돈만 있으면 뭐든 구할 수 있습니다. 그리고 돈이라면 저희도 꽤 많이 모아놨습니다."

카인의 말에 그를 보던 김호철이 물었다.

"안전하게 움직일 수 있는 곳이라는 의미……. 적이 우리만이 아니라는 것 같은데 맞습니까?"

김호철의 물음에 카인이 고개를 끄덕였다.

"저희 적에 관한 이야기는 동맹을 맺고 난 후에 이야기를 드리지요."

카인의 말에 김호철이 피식 웃었다.

"비밀스럽게 이야기한다 해도 어차피 그쪽 적이라 해봤자 우리가 아니면 그쪽 게이트 너머에 있는 다른 나라 아닙니까?"

김호철의 말에 카인이 고개를 끄덕였다.

"그렇죠. 하지만…… 저희 대륙에서 온 나라가……."

잠시 말을 멈춘 카인이 김호철을 바라보았다.

"지구 어느 나라와 동맹을 맺고 있는지는 모르지 않으십니까?"

김호철과 도원군은 카인이 가고 난 빈 의자를 보고 있었다.

능력자들 간의 일이라면 도원군이 결정할 수 있다. 하지만 지금 카인이 원하는 것은 국가와 국가의 동맹이다. 이 문제는 도원군이 결정할 수 있는 아니었다. 해서 대통령에게 보고를 하겠다는 말을 하고 카인을 보낸 것이다.

"만약 저나 도 국장님께서 당신을 잡으려 했다면 어떻게 했을 겁니까?"

"어쩔 수 없지만 제가 꼬리가 되어야겠지요. 여러분과 함께."

"같이 죽겠다라……. 혼자서 그게 되시겠습니까?"

"될 것이라 생각을 하니 온 것 아니겠습니까?"

카인이 가기 전에 나눈 대화를 떠올리며 김호철이 입맛을 다셨다.

'그렇게 강하다는 말인가? 아니면…….'

그런 생각을 하던 김호철을 도원군이 바라보았다.

"그자가 한 말들 어떻게 생각하나?"

도원군의 물음에 김호철이 잠시 있다가 입을 열었다.

"감추는 것은 있지만 최소한 속이지는 않는다 생각을 합니다."

"흠……."

작게 한숨을 쉬며 생각에 잠겨 있는 도원군을 보며 김호철이 주전자를 들어 잔에 물을 따랐다.

쪼르륵!

"한 가지 우려되는 것이 있습니다."

김호철이 따라주는 물을 마시며 도원군이 그를 바라보았다.

"뭔가?"

도원군의 말에 김호철이 잔 두 개를 꺼내 하나에 물을 따랐다.

"이 잔이 아르카디안이라고 하고 이 안에 든 것이 마나입니다."

그리고 김호철이 물이 든 잔을 비어 있는 잔에 기울였다.

쪼르륵! 쪼르륵!

물을 반쯤 덜어낸 김호철이 그것을 들어 보였다.

"아르카디안의 마나가 지구로 유입되는 만큼 그 세상의 마나가 줄어들었을 겁니다."

"흠…… 그렇군."

물이 줄어든 잔을 보며 도원군이 고개를 끄덕이자 김호철이 말했다.

"우리 세상의 마나가 짙어진 만큼 그쪽 세상의 마나는 줄어들었을 터……. 우리와 달리 마법 문명이 발달한 아르카디안에게 마나가 줄어든다는 것은 우리 문명에서 석유가 줄어드는 것과 마찬가지일 것입니다."

"카인은 그런 말을 하지 않았는데?"

"자신들에게 약점이라 할 수 있는 마나 문제를 이야기 할 필요가 없었겠죠."

"그럼 우리를 속인 것인가?"

도원군의 말에 김호철이 고개를 저었다.

"말을 하지 않았을 뿐 속인 것은 아니죠. 아마 제 생각에 아르카디안 사람들이 지구에 온 가장 큰 이유는……."

스읔!

물 잔을 들어 보인 김호철이 입구를 손으로 막고는 뒤집었다.

뚝! 뚝!

입구가 막힌 물 잔에서 물기가 조금씩 흐르며 손을 타고 떨어졌다.

그것을 보던 김호철이 말했다.

"아르카디안에서 지구로 유입되는 마나 현상을 막기 위해서일 겁니다."

"게이트는 유지한 채 말인가?"

"그것이 아르카디안 사람들에게는 최선의 시나리오겠죠. 필요 없는 몬스터들은 지구로 보내고 그들에게 필요한 마나는 틀어막는 것……."

"그런데 왜 그것을 묻지 않았지?"

"제 생각에 아르카디안과 지구 사이에 가장 큰일은 이 마나 문제일 것입니다. 그렇다면 저희가 이 일을 안다는 것을 그들이 모르는 것이 저희들에게 유리하다는 생각을 했습니다."

"흠…… 어쨌든 복잡하군."

김호철과 도원군이 이야기를 나눌 때 한 사람이 안으로 들어왔다.

딸랑!

문을 열고 들어온 남자가 도원군에게 다가와 고개를 숙였다.

"죄송합니다."

가타부타 말없이 바로 사과를 하는 남자의 모습에 도원군이 그를 바라보았다.

"놓쳤군."

도원군은 이미 인천 SG 사람들을 시켜 이 근처를 경계하게 한 것이다.

"어디서 놓쳤나?"

"부평 공원에 있는 정자에서 사라졌습니다."

"사라졌다?"

"정자 주위에 마법진이 설치되어 있었던 것 같습니다. 그자가 정자에 다가가는 순간 마법진 발동과 함께 사라졌습니다."

"마법이라……."

도원군의 중얼거림에 김호철이 그를 바라보았다.

"한국 SG에는 마법사가 없습니까?"

김호철의 물음에 도원군이 한숨을 쉬며 고개를 저었다.

"마법이란 학문은 유럽이 강하지. 그렇다 보니 대부분 마법사가 다 유럽에 존재해."

"스카우트라도 하시지 그러셨습니까?"

"후! 마법사도 돈을 잘 버는 직업인데 돈을 건다고 오겠나? 자네만 해도 돈으로 스카우트되지 않을 것 아닌가?"

"그야 그렇죠. 그럼 다른 것을 제시하면……."

"스카우트를 하려면 그들이 원하는 것을 제시해야 하는데 마법사들이 좋아하는 마법서는 대부분 유럽에 존재하니 그것 역시 쉽지 않지."

한숨을 쉬며 도원군이 자리에서 일어났다.

"난 청와대에 들어가 봐야겠군."

"내일 시간 맞춰서 오실 겁니까?"

내일 이 시간에 카인이 답을 듣기 위해 다시 오겠다 한 것이다.

"이따 저녁에 연락하겠네."

"알겠습니다."

그러고는 도원군이 SG를 향해 고개를 돌렸다.

"대원들 후퇴시키고 정자 주위에 CCTV를 몇 대 설치하도록."

"사람을 배치할까요?"

"의심 살 일을 할 필요 없겠지. CCTV만 설치해 놓거라. 그것도 아주 잘 보이는 곳에."

도원군의 명령에 SG가 고개를 숙이고는 밖으로 나갔다. 그 모습을 보던 도원군이 김호철을 바라보았다.

"그럼 가네."

말과 함께 도원군이 빛과 함께 사라졌다.

화아악!

도원군이 사라지자 김호철이 한숨을 쉬며 의자에 앉았다.

"머리 아프겠어요."

마리아가 주스 한 잔을 따라 내려놓자 김호철이 고개를 끄덕였다.

"이상하게 귀찮은 일이 제 주위로 계속 모여드는 느낌입니다."

김호철의 말에 마리아가 고개를 끄덕였다.

"그러게요. 호철 씨가 들어온 이후 저희 사무소도 많이 바빠진 것 같아요."

마리아의 말에 고개를 끄덕인 김호철이 한숨을 쉬고는 몸을 일으켰다.

"어디 가세요?"

"올라가서 좀 쉬겠습니다."

그러고는 김호철이 자신의 방으로 올라갔다.

그리고 그날 저녁, 김호철은 한 통의 전화를 받았다.

5장
필살기 대륙 부수기

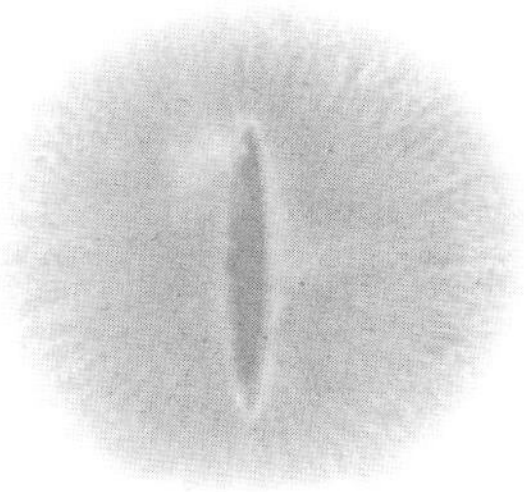

파지직! 파지직!

김호철은 밤하늘을 날고 있었다. 한참을 날아 서해 바다로 나아간 김호철은 강한 마나의 기운을 느꼈다.

스윽!

김호철이 마나가 느껴지는 곳으로 고개를 숙였다.

'저기다.'

어두운 밤바다 한곳에 작은 빛이 보이고 있었다.

'그나저나 대단한 마나다.'

마나를 느끼는 감각이 조금은 부족한 김호철이 이렇게 떨어진 거리에서 느낄 수 있다면 아주 강한 마나인 것이다.

파지직! 파지직!

바다에 가까워지자 밑에서 불이 솟아올랐다.

화르륵! 화르륵!

횃불들이 타오르는 곳에 내려선 김호철이 앞을 바라보았다. 그 앞에는 김호철을 불러낸 카인이 있었다. 강한 마나의 기운은 카인에게서 흘러나오고 있었다.

"갑자기 모셨는데도 이리 와주셔서 고맙습니다."

화아악!

강하게 뿜어내던 마나를 갈무리하는 카인을 보던 김호철이 입을 열었다.

"급한 일이라 하셔서 왔습니다만……."

스윽!

김호철이 주위를 둘러보았다.

바다 한가운데에 떠 있는 작은 섬…….

'함정은 아니군.'

뭐 함정이라도 상관없다. 카인이 어느 정도나 강할지 모르지만 자기 몸 하나 지킬 자신은 있었다.

주위를 보던 김호철이 카인을 바라보았다.

"그래서 어떤 급한 일이기에 이리 불렀습니까?"

김호철의 물음에 카인이 한숨을 쉬며 고개를 저었다.

"조금 난감한 일이 생겼습니다."

"난감한 일?"

“청와대에서 내일 저를 구금하라는 명령을 도 국장님에게 내렸습니다.”

뜬금없는 말에 김호철이 그를 보다가 말했다.

“그게 무슨 말입니까?”

“말 그대로입니다. 대통령이 나를 잡으라는 명령을 내렸더군요, 도 국장님에게.”

잠시 말이 없던 김호철이 말했다.

“그게 사실이라고 해도 그걸 당신이 어떻게 압니까?”

“그건 비밀입니다.”

‘청와대에 끈이 있는 건가? 아니면 마법으로 도청?’

김호철이 그런 생각을 할 때 카인이 말했다.

“하지만 확실한 것은 청와대에서 저를 잡으라는 지시가 내려졌다는 것입니다.”

“그 명령을 도 국장이 받았습니까?”

“거절을 했다는 걸로 알지만…… 도 국장님이 뭔 힘이 있겠습니까? 어차피 공무원인데.”

도원군을 두고 힘이 없다 표현하는 카인을 보던 김호철이 말했다.

“아무리 대통령이라고 해도 도 국장님이 거절한다면 강제로 명령을 내릴 수는 없을 겁니다.”

“대통령한테 부릴 수 있는 능력자가 SG만 있는 것이 아닙니다. 국정원과 대통령 경호실 소속 능력자도 모두 실력이 있습니다."

카인의 말에 잠시 그를 보던 김호철이 말했다.

"그래서 보호를 해달라는 겁니까?"

김호철의 말에 카인이 웃으며 고개를 저었다.

"한국 정부는 우리가 어디에 있는지도 모르는데 위협이 될 이유가 없습니다. 제가 나타나지 않으면 그뿐입니다. 그리고 보호라…… 후!"

가볍게 웃은 카인이 김호철을 향해 말했다.

"제가 이곳에 김호철 씨를 청한 것은 혹시 있을 양쪽의 싸움을 대비하고자 함입니다."

"싸움의 대비?"

"이 지구에서 미국과 중국이 가장 강한 강대국으로 알고 있습니다. 서로 밀고 밀리면서 대치를 하고 있는데 그것은 서로의 힘을 알고 있기 때문입니다. 둘 중 한쪽이 약했다면 다른 한쪽이 강하게 밀었겠지요."

"그 말은…… 그쪽 힘이 약하지 않다는 것을 우리 정부에 알려 달라는 의미입니까?"

김호철의 말에 카인이 미소를 지었다.

"제 말을 바로 알아들으시니 이야기가 빨라 좋군요."

고개를 끄덕인 카인이 목걸이를 풀었다.

“그래서…… 제가 잡고 싶다고 잡을 수 있는 사람이 아니라는 것을 보여드려야 할 것 같습니다.”

스르륵!

손에서 길게 늘어진 목걸이를 들어 보인 카인이 줄 사이로 손을 집어넣었다.

그런데…….

‘손이?’

줄 사이로 들어간 손이 사라졌다. 분명 목걸이 줄 사이 전에는 카인의 팔이 있는데 줄 사이로 들어간 손은 보이지 않았다. 얇디얇은 줄 하나 사이로 손이 사라진 것이다.

‘마법…… 참 신기하네.’

김호철이 그런 생각을 할 때 줄 안에 손을 집어넣은 카인이 손을 빼내기 시작했다.

스르륵!

‘검?’

목걸이 줄 사이에서 빠져나온 카인의 손에는 검이 들려 있었다. 손잡이부터 검갑까지 온통 하얀 검은 아주 멋졌다.

‘고윤희가 보면 환장하겠군.’

그런 생각을 하며 검을 보던 김호철이 목걸이를 바라보았다.

‘판타지 소설에서 나오는 아공간 주머니 같은 아이템인가?’

그런 생각이 들자 김호철은 목걸이가 참 가지고 싶었다.

저거 하나만 있으면 따로 가방을 들고 다니지 않아도 마나석을 넣고 뺄 수 있을 테니 말이다.

김호철이 목걸이를 보고 있을 때 카인이 입을 열었다.

“그래서 김호철 씨께서 한국에 저나 제 수하들이 그리 쉬운 상대가 아니라는 것을 보고해 주셨으면 좋겠습니다.”

카인의 뜻은 이거였다.

자신의 강함을 보여줘서 한국 정부가 허튼짓을 못 하게 하려는 것 말이다.

그런 카인의 말에 김호철이 잠시 있다가 말했다.

“그 목걸이…… 비쌉니까?”

김호철의 말에 카인이 웃었다. 자신을 눈앞에 두고도 김호철은 목걸이에 관심을 갖고 있는 것이다.

“가지고 싶습니까?”

“준다면 거절하지는 않겠습니다.”

“후!”

웃으며 카인이 목걸이를 목에 걸었다. 그 모습을 김호철이 아쉽다는 듯 볼 때 카인이 말했다.

“저를 쓰러뜨리면 하나 드리죠.”

카인의 말에 김호철이 미소를 지었다.

“선물 감사히 받겠습니다.”

이미 목걸이가 자신의 것이라는 듯 말하는 김호철을 보며 카인이 웃었다.

“자신감이 넘치는군요.”

“저를 이렇게 불러낸 것을 보면 당신이 강할 것이라 생각합니다. 하지만…….”

화아악! 화아악!

김호철의 몸에 검은 기운이 흘러나오면서 데스 나이트의 갑옷을 만들어냈다.

철컥! 철컥!

데스 나이트의 갑옷을 걸친 김호철이 손을 들었다.

화아악!

커다란 전투 해머를 손에 쥔 김호철이 카인을 바라보았다.

“제가 질 것이란 생각은 들지 않는군요.”

데스 나이트와 합체를 한 김호철을 보며 카인이 검을 어깨에 가볍게 올렸다.

“칼 폰 루이스.”

카인의 중얼거림에 김호철의 얼굴에 의문이 어렸다. 그렇지 않아도 전에 잡은 로엘도 다니엘의 가문을 알아보지 않았던가.

“칼에 대해 아십니까?”

김호철의 물음에 카인이 어깨를 검으로 톡톡 치며 말했다.

“내 생각이 맞다면 그 데스 나이트는 루이스 가문의 대지의 기사 칼이신 것 같군요."

"칼에 대한 이야기 좀 들을 수 있겠습니까?"

자신에게 가장 충직한 기사 칼에 대한 이야기가 김호철은 듣고 싶었다.

김호철의 물음에 카인이 입을 열었다.

"제 부탁에 여기까지 오셨는데 그 정도 이야기는 들려 드려도 되겠지요."

그러고는 카인이 검을 땅에 박아 기대고는 말했다.

"데스 나이트가 만들어지는 이유에 대해서는 아십니까?"

"뛰어난 기사가 한을 품고 죽으면 데스 나이트가 된다 알고 있습니다."

"맞습니다. 그래서 전에 이야기 대륙 전쟁 당시 많은 기사가 데스 나이트로 다시 나타났습니다. 지키지 못한 사람, 지키지 못한 나라, 지키지 못한 신념……. 이유야 많겠지만 어쨌든 데스 나이트가 된 기사들은 인간에 대한 원망을 가진 채 검을 휘둘렀습니다."

"데스 나이트가 되면 인간일 때의 기억을 모두 잃는 것입니까?"

"대부분의 존재는 그렇습니다. 아니, 제가 본 데스 나이트들은 다 그렇더군요. 데스 나이트들에게 남은 것은 인간에 대한 원망밖에는 없습니다. 그것이 자신이 지키려 했던 왕국이나 국왕이라 해도……."

카인의 말에 김호철이 자신의 손을 바라보았다.

"칼과 다니엘은 안 그러는데……."

"김호철 씨가 부리는 데스 나이트, 아니, 칼 경과 같은 경우는 저도 처음 봅니다. 흑마법사들에 의해 조종되는 데스 나이트도 대부분 이지를 상실하고 싸울 줄만 아는데 칼 경은……."

"의지를 가지고 있습니다. 할 줄 아는 말이 칼 폰 루이스, 자기 이름뿐이기는 하지만."

"보통 데스 나이트들은 자기 이름도 모릅니다. 그저 '죽인다'나 '죽어라'와 같은 말만을 하지요. 게다가 그 말도 원념과 가깝습니다."

카인의 말에 김호철은 이때까지 생각을 해본 적이 없는 물음이 떠올랐다.

"저도 데스 나이트가 저한테 죽어라와 같은 말을 하는 것을 들은 것 같은데…… 그 말을 제가 어떻게 알아들은 겁니까? 언어가 다른데."

"언어가 아닙니다. 데스 나이트의 원념이 김호철 씨의 마음에 직접 닿은 겁니다. 그래서 데스 나이트가 하는 말을 알아들은 겁니다. 언어는 달라도 마음으로 전해지는 의미는 통하니까요."

자신의 말을 이해한 듯 고개를 끄덕이는 김호철을 보며 카인이 말을 이었다.

"어쨌든 데스 나이트의 생성과 존재는 그렇고…… 이제 칼 경에 대해 이야기를 해드리지요. 칼 경께서는 아라드 왕국의 마지막 방패였습니다."

"마지막 방패?"

"대륙 전쟁 다시 많은 왕국이 망하고 새로운 나라가 들어섰습니다. 그 당시 망했던 아라드 왕국의 최후의 충신이자 최후의 기사, 그것이 바로 칼 폰 루이스 경입니다."

김호철이 호기심 어린 눈으로 바라보자 카인이 입맛을 다시고는 말했다.

"당시 아라드 왕국은 페르스 왕국에 의해 패망 직전이었습니다. 아라드 왕국의 왕성까지 페르스 왕국은 하나의 요새만을 넘으면 끝인 상황이었으니…… 그때 오백의 결사대를 이끌고 페르스 왕국의 오만 정예를 열흘 동안 막아낸 것이 바로 칼 경입니다. 죽는 순간까지 단 한 발자국도 아라드 왕국 쪽으로 움직이지 않고, 페르스 왕국 쪽을 향해 쓰러진…… 기사들이 충절을 논할 때 빠지지 않는 분이 바로 칼 폰 루이스 경입니다."

카인의 말에 김호철이 자신의 손을 바라보았다. 정확하게는 자신의 손을 감싸고 있는 데스 나이트 칼의 갑옷을 말이다.

"우리나라로 따지면 백제의 계백과 같은 장수가 너였나 보구나."

작게 중얼거린 김호철이 카인을 향해 고개를 돌렸다.

"나중에 칼 폰 루이스, 다니엘 폰 디스 이 두 기사의 자서전 같은 것을 구해 줄 수 있겠습니까?"

김호철의 말에 카인이 고개를 끄덕였다.

"두 기사분 모두 유명하니 그들에 대한 노래가 많이 남아 있습니다. 구해서 드리든지, 아니면 제가 아는 것을 필사해 드리지요."

그러고는 카인이 땅에 박아놓은 검을 다시 어깨 위로 올렸다.

톡톡톡!

가볍게 어깨를 두들기며 카인이 입을 열었다.

"그나저나 김호철 씨 덕에 전설적인 기사와 이렇게 대면을 하게 되니 감격스럽군요."

"전설적인 기사를 상대할 수 있겠습니까?"

김호철의 말에 카인이 웃으며 작게 고개를 저었다.

"후! 살아 있을 때야 전설의 기사지…… 지금은 그저 데스 나이트일 뿐입니다. 생전의 실력이 남아 있다면 모를까 데스 나이트는 데스 나이트일 뿐입니다."

우두두둑!

카인의 말에 해머를 쥐고 있는 칼의 손에 힘이 들어갔다.

"칼 폰 루이스……."

작게 자신의 이름을 말한 칼이 해머를 앞으로 들어 올렸다.

화아악!

그러자 김호철의 몸에서 마나가 쫘악 빨려 나가기 시작했다.

'이놈이 허락도 없이…….'

칼이 자신의 마나를 사정없이 빨아들이는 것에 살짝 눈을 찡그렸지만 김호철은 그것을 막지 않았다.

그 역시 카인이 칼을 무시하는 듯한 발언에 열이 살짝 오른 것이다.

'그래, 마음껏 가져다 써라. 그리고…… 녹슬지 않았다는 것을 보여줘.'

김호철의 중얼거림과 함께 칼이 천천히 카인을 향해 걸음을 옮겼다.

"시작합시다."

김호철의 말에 카인이 고개를 끄덕였다. 하지만 여전히 어깨에 검을 올린 채 가볍게 두들기고 있었다.

톡! 톡! 톡!

어깨를 가볍게 두들기는 검의 모습에 김호철의 얼굴에 의아함이 어렸다.

'설마 저게 자세를 잡은 건가?'

김호철이 그런 생각을 할 때 천천히 카인에게 다가가던 칼이 자세를 낮췄다.

스윽!

그리고…….

칼의 신형이 번개처럼 카인에게 쏘아져 갔다.

파앗!

순식간에 자신의 앞으로 다가오는 칼을 보며 카인의 어깨를 두들기던 검의 속도가 느려졌다.

톡…… 톡!

그리고 카인의 몸이 빠르게 회전을 했다.

파앗!

스르륵!

회전과 함께 검집에서 뽑혀 나오는 새하얀 검신…….

번쩍!

사사삭!

카인의 검이 빠르게 움직이며 칼의 몸을 향해 쏟아졌다.

채채챙!

칼은 몸을 살짝살짝 틀면서 치명상을 피해냈다. 그리고 멈추지 않고 떨어지는 칼의 해머…….

파앗!

순식간에 검격을 쏟아내던 카인의 검이 아직도 어깨 위에 붙어 있는 검집으로 들어갔다.

스르륵!

그와 함께 뒤로 물러난 카인이 자신이 있던 곳에 멈춰 있는 해머를 바라보았다.

"흠…… 피하지 않고 공격이라."

작게 중얼거린 카인이 칼의 몸을 바라보았다. 김호철을 죽일 생각은 아니기에 치명적인 곳에는 검을 넣지 않았다. 하지만 베지 못할 정도로 약한 힘은 아니었는데…… 데스 나이트 갑옷에는 검흔만이 희미하게 남아 있었다. 자신의 검격을 갑옷의 면으로 흘리거나 막아낸 것이다. 그리고 그것도 빠르게 사라지고 있었다.

화아악! 화아악!

검은 기운과 함께 복원이 되는 갑옷을 보며 카인이 다시 어깨를 검으로 두들기기 시작했다.

'일반 데스 나이트와는 다르다는 건가?'

기사들에게는 두 개의 싸움법이 있다. 하나는 무기로 싸우는 방법, 그리고 하나는 착용을 한 갑옷으로 적의 무기를 흘리고 방어를 하는 방법이다.

그리고 지금 칼은 카인의 공격을 갑옷을 이용해 흘리고 치명상을 막아낸 것이다.

"흠……."

파앗!

순간 카인의 몸이 움직였고 그 어깨에 있던 검이 뽑혀 나왔다.

번쩍!

동시에 눈부신 빛과 함께 해머에 강한 충격이 가해졌다.

캉!

부웅!

검격에 해머가 그대로 튕겨져 나갔다. 그리고 튕겨져 나간 해머로 인해 열린 김호철의 가슴을 향해 카인의 검이 찔러 들어갔다.

'이 정도는 버티겠지.'

죽이지 않기 위해 검을 썼는데 그 힘으로는 데스 나이트의 방어력을 뚫지 못한다.

그래서…… 힘을 쓰는 것이다.

그런 카인의 공격에 데스 나이트의 몸이 빠르게 회전을 했다.

사아악!

해머가 튕겨진 방향으로 회전을 하며 검을 피한 데스 나이트가 그 기세에 더욱 힘을 실었다.

부우웅!

카인의 검 위로 데스 나이트의 해머가 스치듯 지나갔다.

그리고…….

쾅!

묵직한 폭음과 함께 해머가 멈췄다.

우두두둑!

해머를 쥔 김호철의 손에서 근육 비틀리는 것 같은 소리가 들렸다.

'무슨 힘이?'

해머는 부들부들 떨리고 있었다. 커다란 해머라 그 앞이 보이지는 않지만 분명 카인에게 막혔을 터…….

하지만…… 칼 역시 힘으로는 밀리지 않는다.

"하앗!"

김호철이 기합을 지르며 강하게 힘을 주었다.

드드드득!

김호철이 힘을 주자 카인의 발이 땅에 박힌 채 뒤로 밀리기 시작했다.

"크으윽!"

지금 해머를 막고 있는 것은 그의 어깨에 걸쳐져 있던 검집이었다.

카인은 검집을 잡은 손에 힘을 주는 것과 동시에 밑에 내려져 있던 검을 추켜올렸다.

파앗!

해머를 검집으로 막고, 검으로 해머 대가리를 위로 쳐올린 카인…….

그리고 카인의 검이 빠르게 움직였다.

파파파팟!

그런 카인의 검을 해머 손잡이로 김호철이 빠르게 쳐 내기 시작했다.

채채채채챙!

쉴 새 없이 몰아치는 검격과 그것을 막아내는 해머의 손잡이.

그렇게 한참 서로를 때리던 둘이 약속이라도 한 것처럼 뒤로 물러났다.

타탓!

"후우!"

숨을 길게 내쉰 김호철이 자신의 갑옷을 바라보았다. 갑옷은 군데군데 큰 자상이 나 있었고, 몇 곳에서는 선혈이 흘러내리고 있었다.

카인의 검격이 갑옷을 뚫고 그 안의 김호철의 몸을 벤 것이다.

싸움의 흥분 때문인지 고통은 느껴지지는 않았지만…….

'강하다.'

지금 김호철의 상태는 장대수와 싸울 때의 그 상태다. 그런데 카인의 몸에 제대로 된 대미지도 주지 못하고 있었다. 아니…… 한 방도 제대로 먹이지 못하고 있었다. 대신 김호철 그 자신은 온몸에 검격을 허용하고 있고 말이다.

그리고 한 가지 걱정되는 것이 있었다.

스윽!

고개를 든 김호철이 카인을 바라보았다.

“지금…… 전력을 다하는 것입니까?”

김호철의 말에 카인이 고개를 저었다.

“제가 전력을 다하면 김호철 씨 죽습니다.”

카인의 말에 김호철의 손이 해머를 강하게 추켜올렸다가 그대로 땅을 찍었다.

쾅!

해머를 찍은 땅이 터져 나가며 카인을 향해 충격파가 퍼져 나갔다.

콰콰콰쾅!

땅을 가르며 뻗어 오는 충격파에 카인이 검을 강하게 땅에 박았다.

푸욱!

그리고 카인의 검에 충격파가 부딪혔다.

쾅!

후두둑! 후두둑!

땅이 터져 나가며 떨어지는 돌과 흙 사이로 카인이 보였다. 멀쩡한 모습으로 땅에 박혀 있는 검을 뽑아내는 카인…….

휙!

검에 묻은 먼지를 허공에 휘둘러 털어낸 카인이 김호철을 바라보았다.

"이 정도면 제 실력을 알았을 것이라……."

화아악!

김호철의 몸에서 검은 기운이 물씬 솟는 것을 본 카인이 입맛을 다셨다.

"아직은 아닌가 보군요."

카인의 말에 김호철이 해머를 들어 올렸다.

"그 정도로 한국 정부를 납득시키기 어려울 것 같습니다. 그리고…… 저도 아직 전력을 다한 것은 아닙니다."

"그렇습니까?"

검으로 다시 어깨를 툭툭 치던 카인이 입을 열었다.

"죽어도…… 괜찮습니까?"

죽어도 괜찮냐는 카인의 말에 김호철이 웃었다.

'당연히 안 괜찮지.'

하지만 김호철의 입에서는 다른 말이 나왔다.

"저를 죽일 자신이 있나 보군요."

칼을 무시한 카인에게 약한 모습을 보이고 싶지 않았다.

김호철의 말에 카인이 그를 보다가 웃으며 검의 손잡이에 달려 있는 긴 끈을 쥐었다. 긴 끈 역시 검처럼 하얀색이었다.

카인이 끈을 잡아당기자 끈이 손잡이에서 끊어졌다.

뚝! 스르륵!

손잡이에서 끊어진 끈이 그대로 갈가리 찢어지더니 바람에 휘날리며 사라졌다.

'저건 또 무슨 수작이지?'

김호철이 그런 생각을 할 때 카인이 검을 어깨에 올렸다.

툭! 툭!

다시 가볍게 어깨를 두들기며 카인이 입을 열었다.

"이 검의 이름은 봉마의 검. 착용자의 마나를 흡수해 검의 강도를 높입니다. 그리고 방금 제가 뜯은 끈은 이 검의 봉인입니다. 봉인이 풀린 이 검의 이름은…… 척살자."

툭! 툭!

가볍게 어깨를 두들기던 카인이 입을 열었다.

"죽을 것 같으면 바로 물러나십시오. 버티시면 저도 어쩔 수 없습니다."

카인의 굳은 목소리에 김호철은 그가 진심이라는 것을 알았다.

"후우!"

길게 숨을 들이마시며 김호철이 마나를 칼에게 넘기기 시작했다.

화아악! 화아악!

데스 나이트의 갑옷이 더욱 검게 변해갔다.

그런 김호철을 보며 카인이 피식 웃었다.

'블러드 나이트라……. 과연 마나양은 대단하군.'

마나양만을 생각한다면 자신보다도 위일 것 같았다.

하지만…… 그래 봤자 지구인이다.

검과 마법이 지배하는 세상 아르카디안.

총과 과학이 지배하는 세상 지구.

사는 세상이 달랐고 단련의 수준이 달랐다.

'특히 단기간에 얻은 힘이란 거품과 같은 것이지.'

속으로 중얼거린 카인이 김호철을 바라보았다.

톡! 톡!

검으로 가볍게 어깨를 두들기는 카인의 모습에 김호철이 입을 열었다.

"그거…… 무슨 박자 맞추기입니까?"

"일종의 그런 것입니다."

"무슨 박자를 맞추는 것입니까?"

"그건 저희 가문의 비밀입니다."

그저 비밀이라 했지만 이 어깨를 두들기는 것은 그란디스 가문의 비기였다.

본디 그란디스 가문의 시조는 용병이었다. 용병으로서 적을 상대할 때 적이 자신을 거만하고 허점 많은 자로 보도록 검으로 어깨를 두들겼다. 그러면서 상대의 박자를 가늠했다.

강한 사람일수록 자신만의 박자를 가진다. 공격의 흐름이라는 것 말이다.

처음에는 상대의 공격 박자를 맞췄다. 그러다 시간이 지나니 상대의 호흡 박자를 맞출 수가 있게 되었다. 그리고 더 시간이 지나자 이제는 근육의 박자를 알게 되었다. 근육의 박자를 알게 되자 그는 용병계에서 알아주는 강자가 되었다.

하지만 마나를 사용하는 기사와 용병의 고수들에게는 그의 방법이 통하지 않았다. 근육으로 낼 수 없는 힘과 속도를 가지는 마나의 힘은 그에게 절벽과 같았다.

그러나 그는 찾아냈다. 마나에도 박자가 있다는 것을 말이다. 그 비기 하나로 일개 용병이었던 카인의 선조는 그란디스라는 무가를 세웠다.

어쨌든 지금 카인은 김호철의 몸에서 느껴지는 마나의 박자를 따라 검을 움직이고 있었다.

툭! 툭! 툭!

'박자가…… 바뀌는군.'

김호철에게서 느껴지는 마나의 흐름이 천천히 느려지는 것을 느끼며 카인이 슬쩍 발끝을 들었다.

스윽!

그리고 발끝을 몸 밖으로 내렸다.

탁!

아무런 의미도 없어 보이는 행동. 하지만 고수끼리의 싸움에서 의미가 없는 행동이란 없다. 모든 움직임의 시작은 발에서 시작하고 발끝을 보면 어디로 향할지 알 수 있다. 고수의 눈썰미는 그것을 파악할 수 있다. 그래서 한번 낚아본 것이다.

하지만 김호철은 움직이지 않았다.

'하긴…… 데스 나이트라도 대지의 기사 칼 폰 루이스. 이 정도로 낚이지는 않겠…….'

파앗!

생각과 함께 카인의 신형이 김호철을 향해 쏘아져 나갔다. 순간 김호철의 마나 흐름이 약해진 것이다.

마치 멈추기 직전처럼.

그 말은 공격이 곧 온다는 말이다. 그래서 김호철이 공격을 하기 전에 카인이 먼저 움직인 것이다. 김호철의 박자를 뺏기 위해서 말이다.

파앗!

빠르게 땅을 박찬 카인의 검집에서 검이 뽑혀져 나왔다.

사악! 사악! 사악!

그런데…….

검집에서 뽑혀 나온 검날은 하나가 아니었다.

사사사삭!

카인의 검이 움직이는 것과 함께 검의 잔영들이 허공을 수놓기 시작했다. 그러나 그것들은 환상이 아니었다. 모두 실제였다.

검의 움직임에 따라 하나둘씩 생기기 시작하는 검날이 순식간에 주위를 감쌌다.

"꽂혀라."

사사사삭!

카인의 외침에 검날들이 김호철을 향해 쏟아지기 시작했다.

사사삭!

쏟아져 오는 검날들…….

그때.

김호철의 해머가 강하게 땅을 내려찍었다.

쾅! 화아악!

순간 해머에서 뿜어진 기운이 김호철 주위를 감싸기 시작했다. 그리고 그 기운에 김호철을 향해 쏘아오던 검날이 하나둘씩 으스러지며 사라져 갔다.

김호철을 향해 검을 찔러 넣던 카인의 얼굴이 굳어졌다.

"대륙 부수…… 기?"

충격 어린 목소리와 함께 해머에서 뿜어진 기운이 카인의 몸을 감싸기 시작했다.

6장
칼의 능력

"하악! 하악! 하악!"

김호철은 연신 거친 한숨을 토하고 있었다.

방금 칼이 사용한 기술이 뭔지는 몰라도 이그니스의 불길을 사용하는 것보다 더 큰 마나 소비를 가져왔다. 게다가 마나 고갈에 의한 고통은 이그니스보다 더 심했다. 이그니스의 불길을 뿜을 때는 지속적으로 많은 양의 마나가 소모된다. 그런데 지금 칼은 그 마나 전부를 단번에 뽑아낸 것과 같은 것이다.

그래서 마나의 허탈감도 더 컸다.

'칼, 이 자식…… 신호 좀 하고 기술을 쓰지.'

거친 숨을 몰아쉬며 김호철이 자신의 몸을 내려다보았다.

그와 합체를 했던 칼의 갑옷은 이미 사라지고 없었다. 기술을 사용하는 것과 동시에 마나의 고갈이 심해지자 합체도 풀린 것이다. 그만큼 지금 칼이 사용한 기술은 마나 소모가 극심했다.

"하악! 하악!"

거칠게 숨을 내쉬고 들이마시며 마나가 회복되기를 기다리던 김호철이 앞을 바라보았다.

후두둑! 후두둑!

김호철이 서 있는 땅만 멀쩡하고 그 주위로는 거대한 구덩이가 원을 그리면서 만들어져 있었다.

만화책에서나 볼 법한 현상에 김호철이 주위를 보다가 앞을 바라보았다. 멀찍이 떨어진 곳에 카인이 검과 검집을 X자로 교차한 채 서 있었다. 그런 카인의 몸 이곳저곳에서는 피가 흘러내리고 있었다.

'설마 죽은 것은 아니겠지?'

김호철이 그런 생각을 할 때 카인이 천천히 검을 내렸다.

스윽!

'살아는 있네.'

속으로 중얼거린 김호철이 카인을 향해 말했다.

"괜찮습니까?"

김호철의 말에 카인이 검집에 검을 집어넣었다.

스르릉!

탁!

가볍게 검을 땅에 박은 카인이 김호철을 향해 말했다.

"방금 그 기술…… 전에도 쓴 적이 있습니까?"

카인의 물음에 김호철이 고개를 저었다.

"이번이 처음입니다."

"그렇다면……."

'칼 경이 사용했다는 거군.'

잠시 말이 없던 카인이 입을 열었다.

"칼 경과 대화가 가능하십니까?"

"칼은 자기 이름밖에 말할 줄 모릅니다."

'다행이군.'

만약 칼이 김호철과 대화가 가능하다면…… 김호철을 죽여야 할지도 모른다. 아르카디안의 정보가 넘어가지 않게 하기 위해서 말이다.

잠시 김호철을 보던 카인이 고개를 끄덕였다.

"놀랐습니다."

"저도 놀랐습니다. 칼에게 이런 기술이 있을 줄은 몰랐습니다."

김호철의 말에 카인이 그를 보다가 입을 열었다.

"칼 경께서는 데스 나이트의 한계를 극복한 것 같군요."

"한계?"

"전설적인 기사라 해도 죽으면 말 그대로 끝입니다. 썩어서 사라질 시체 그 이상도 이하도 아닙니다. 하지만 그런 한계를 깨고 다시 대지에 발을 딛는 것이 데스 나이트……."

잠시 자신의 손을 보던 카인이 말을 이었다.

"하지만 데스 나이트는 살아 있을 때의 실력을 모두 발휘하지 못합니다. 기껏해야 데스 나이트의 실력 정도."

물론 데스 나이트가 약한 것은 아니다. 카인이 사는 세상에서도 데스 나이트는 상급의 몬스터이니 말이다. 하지만 생전의 실력에 비하면 기껏해야 데스 나이트.

"그런데…… 칼 경께서는 자신의 실력을 찾아가는 듯하군요."

"그렇습니까?"

"방금 김호철 씨가 사용한 기술은 칼 폰 루이스 경의 비기 대륙 부수기라는 겁니다."

"대륙 부수기? 이름 한번 거창하군요."

"이름이 거창하다라……."

카인이 김호철의 주위에 난 구덩이를 바라보았다.

"대충 10m 정도의 땅이 박살이 났군요. 여파는……."

카인이 주위를 보다가 저 멀리 부서져 있는 바위를 가리켰다.

"40m 정도……."

주위를 보던 카인이 김호철을 향해 고개를 돌렸다.

"이게 사실인지 아닌지는 모르지만 음유시인들이 전하는 대륙 부수기는 직경이 5헥…… 아……."

고개를 저은 카인이 말했다.

"5백 미터에 여파는 2킬로에 가깝다고 하더군요."

"5백 미터? 이런 구덩이가?"

놀란 눈으로 구덩이를 보고 있는 김호철을 보며 카인이 웃으며 고개를 저었다.

"전설로 전해지는 이야기이니 과장이 섞였을 것입니다. 하지만…… 지금 위력을 보면 김호철 씨를 빌어서가 아닌 실제 칼 경이 썼다면 그 위력이 대단하겠군요."

'내 몸을 빌려 써서 위력이 약하다는 건가?'

땅에 박은 검을 뽑아 목걸이 안으로 집어넣는 카인을 보며 김호철이 말했다.

"이대로 가실 겁니까?"

"이 정도 했으면 제 실력은 아셨을 것 같은데…… 더 해야 합니까?"

목걸이를 목에 거는 카인을 보며 김호철이 고개를 저었다.

"아닙니다. 이 정도면 당신의 실력은 알았습니다."

그리고 지금 김호철의 마나도 바닥인 상태. 싸우려 해도 싸울 수가 없다.

"내일, 아니지 이제 오늘이군요. 점심 때 뵙겠습니다."

"오늘 오실 겁니까? 대통령이 보낸 SG들이 있을 수 있는데?"

"제가 가지 않으면 겁을 먹었다 생각을 하고 더 저를 찾으려 할 것입니다. 차라리 정면으로 부딪치는 것이 낫습니다. 그리고……."

카인이 김호철을 보며 웃었다.

"제가 약하지 않다는 것을 김호철 씨가 알고 있으니 뭔가 방법을 생각해 주지 않겠습니까?"

"제가요?"

"설마하니 수정 카페 앞에서 사람들이 죽어 나가는 것을 보고만 있지는 않으실 것 아닙니까?"

카인의 말에 김호철이 그를 보다가 한숨을 쉬며 고개를 끄덕였다.

"알겠습니다. 제가 알아보겠습니다."

"그럼 가 보시지요."

카인의 말에 김호철이 그를 보다가 슬며시 말했다.

"아까 주시겠다고 한 건?"

"아…… 아공간 주머니 말이군요. 알겠습니다. 점심 때 챙겨 드리도록 하겠습니다."

아공간 주머니를 주겠다는 말에 김호철의 기분이 좋아졌

다. 그것 하나만으로도 이곳에서 고생한 것에 대한 보상은 충분했다.

'앞으로 군인들에게 더블백 얻지 않아도 되겠군.'

작게 웃은 김호철이 숨을 들이마시며 가고일을 소환했다.

파지직!

가고일 하나 소환하는 것만으로도 쓰러질 것 같은 마나 고갈에 한숨을 쉰 김호철이 그 품에 안겼다.

"집으로 가자."

김호철의 말에 가고일이 날개를 펄럭이며 동쪽으로 날아가기 시작했다.

펄럭! 펄럭!

가고일의 품에 안겨 날아가는 김호철의 뒷모습을 카인이 보고 있었다.

화아악!

그런 카인의 옆에 빛과 함께 해피 종합 무역상사의 영업 상무가 모습을 드러냈다.

날아가고 있는 가고일을 보던 영업 상무가 말했다.

"블러드 나이트…… 생각보다 더 대단하군요. 데스 나이트의 생전 실력을 끌어내다니."

영업 상무의 말에 카인이 고개를 끄덕였다.

"아직이라는 것이 더 큰 문제겠지."

카인의 말에 영업 상무가 놀란 듯 그를 바라보았다.

"더 성장할 가능성이 있다는 것입니까?"

"대륙 부수기를 썼으니 다른 기술들도 쓸 수 있겠지. 그리고 처음이 어렵지 그다음부터는 쉬운 법. 생전 실력도 하나 둘씩 찾아갈 테고……. 마스터 수준의 데스 나이트라, 흠! 이게 좋은 일인지 나쁜 일인지 모르겠군."

"저희 쪽에 협력한다면 좋은 일이나 저희에게 협력하지 않는다면 큰 적이 될 일이군요."

"가늠하기가 어려운 자야……."

카인의 말에 영업 상무가 그를 보다가 입을 열었다.

"그런데 봉마의 검의 봉인은 왜 풀어낸 것입니까?"

영업 상무의 말에 카인이 피식 웃었다.

"전력을 다하지 않는다고 기분 나빠하는 것 같더라고. 그렇다고 블러드 나이트를 죽일 수도 없는 일이고."

"그래서 척살자를 꺼내신 것입니까?"

"척살자가 화려하잖나. 전력을 다하는 것처럼 보였을 거야."

김호철이나 칼이 들었으면 놀랄 말이다. 카인은 전력을 다한 것이 아닌 것이다.

이제 멀어져 보이지 않는 김호철을 떠올리며 카인이 말했다.

"아공간 주머니 하나 준비해 주게."

"아공간 크기는 어느 정도로?"

"그리 클 필요는 없겠지. 적당한 걸로 해."

"알겠습니다."

"그럼 이제 가세."

카인의 말에 영업 상무가 잠시 주위를 보다가 한숨을 쉬었다. 그가 설치해 놓은 마법진이 대륙 부수기에 의해 파손이 된 것이다.

"설치해 놓은 마법진이 파괴돼서 다시 설치를 해야 합니다. 삼십 분만 기다려 주십시오."

"급할 것도 없으니 천천히 하시게."

영업 상무가 서둘러 한쪽으로 걸어가더니 수정이 달린 지팡이를 꺼내 땅을 가리켰다.

화아악!

순간 땅에 빛 한 줄기가 솟구치더니 빠르게 땅을 가르며 마법진을 그려 나가기 시작했다.

펄럭! 펄럭!

바다 위를 날아 한국 땅에 들어선 김호철은 여전히 가고일의 품에 안겨 있었다.

"후우! 흡! 후우! 흡!"

숨을 크게 마시고 뱉기를 반복하며 김호철은 마나 흡수에 정신을 집중했다. 그렇게 어느 정도 마나 회복이 되자 김호철이 배를 손으로 쓰다듬었다.

"휴우! 이제 좀 살겠네."

김호철이 핸드폰을 꺼냈다. 그러고는 도원군에게 전화를 걸었다.

"국장님."

"밤이 늦었는데……."

"목소리를 들으니 주무신 것 같지는 않은데요."

도원군의 목소리는 피곤한 듯했지만 잠에 취한 것처럼 잠겨 있지는 않았다.

"후우! 그래, 무슨 일인가?"

"청와대에서 카인을 잡으라는 지시가 내려온 것을 압니다."

"그것을 어떻게?"

놀란 듯한 도원군의 목소리에 김호철이 입맛을 다셨다.

'역시 사실이었군.'

속으로 중얼거린 김호철이 말했다.

"카인이 알고 있습니다."

"크응……."

작은 침음성과 함께 답을 하지 않는 도원군에게 김호철이 말했다.

“지금 카인과 만나서 싸워봤습니다.”

“싸웠다고? 혹시 자신을 잡으려 한다는 것 때문인가?”

“그건 아닙니다. 카인은 자신이 한국에서 잡으려 한다고 쉽게 잡힐 사람이 아니라는 것을 저에게 보여주려 하였습니다.”

“자신의 강함을 보여주려 했다는 건가?”

“강하더군요.”

“자네가 졌나?”

“계속했으면 제가 졌을 겁니다.”

여력이 남아 있어 보이던 카인과 달리 김호철 자신은 꿈쩍도 할 수 없을 만큼 마나가 고갈이 되었으니 말이다.

“……그렇군.”

“들으니 국장님이 허가하지 않아도 청와대에서 국정원이나 경호대 능력자들을 이용해 잡으려 할 것이라던데…… 맞습니까?”

“카인, 그자…… 어디서 그런 이야기를 다 들었는지 모르겠군.”

“마법으로 어떻게 한 것이겠죠.”

“마법이라……. 귀찮은 능력이야.”

잠시 말이 없던 도원군이 말을 했다.

"카인, 그의 말대로 될 것 같네."

"막을 수 없습니까?"

"대통령께서 의지가 완강해. 자국 내에 그런 단체가 있다는 것을 용납 못 하겠다는군."

"동맹을 맺자는 것이지 싸우자는 것이 아닌데……."

"대통령께 그 이야기를 했는데 일단 잡아들여 주도권을 잡겠다는 생각이신 듯하네."

"잡지 못하고 사람만 죽어 나갈 겁니다."

"휴우! 그렇겠지?"

"잡을 수 있다 해도 그에게는 마법이 있습니다. 안 되면 마법으로 도망을 갈 수도 있습니다. 대통령에게 다시 말을 해서라도 잡으려는 시도를 막아야 합니다."

"자네 생각에…… 내가 나서도 못 잡을 것 같나?"

도원군의 말에 김호철이 눈을 찡그렸다.

"설마 국장님이 나설 생각입니까?"

"국정원이든 경호대든, 어쨌건 우리 SG에서 차출이 된 이들이네. 지금이야 지휘 계통이 다르지만 어쨌든 다 내 새끼들……. 죽는 것을 보고 있을 수만은 없네."

"카인 강합니다. 그리고 싸움을 할 필요가 있습니까?"

"내가 못 잡을 것이라 생각하는군."

도원군의 물음에 김호철이 잠시 말을 하지 않았다.

사실 그랬다. 둘과 다 싸워본 김호철이다. 김호철 생각에 도원군보다 카인이 더 강했다.

김호철이 말을 하지 않자 도원군이 피식 웃었다.

"후! 재밌군."

"어떻게 하실 생각이십니까?"

"내일 점심 때 카페에서 보세나."

"대책도 없이 말입니까?"

"내가 알아서 하지."

툭!

그것으로 전화가 끊어졌다. 김호철이 핸드폰을 잠시 보다가 주머니에 넣었다.

"에이, 몰라! 알아서 하겠지."

대통령을 자신이 어떻게 할 수 있는 것도 아니고.

일단은 지켜볼 수밖에 방법이 없었다. 아니면 능력자들이 카인을 잡으려 할 때 막거나.

결론은 점심 때 카인이 와야 될 일이었다.

점심 무렵의 수정 카페 인근은 평소와는 조금 다른 분위기였다. 조금 많은 사람이 부평 공원을 돌아다니고 있었고, 공원 앞에서는 할 일 없어 보이는 사람들이 윷놀이를 하며 놀고 있었다. 평소에도 공원에서 윷놀이를 하는 사람들을 볼 수 있었다. 다만 그 윷놀이를 하는 사람이 대부분 노인이었다면 지금은 청년이나 중년인들이라는 것이었다.

수정 카페 창가에 고윤희와 박천수가 붙어 창밖을 보고 있었다.

"이야…… 저 사람 이원희 팀장이다."

"어디?"

"안 보인다고 생각했더니 청와대 경호 팀에 들어간 거였나?"

"국정원일 수도 있죠."

"어쨌든. SG 올스타가 다 모였네. 어! 태수 형이다!"

박천수가 공원에서 나오는 한 중년인을 보고 나가려 하자 입구에 있던 한 청년이 급히 나섰다.

"협조해 주십시오."

청년의 말에 박천수가 눈을 찡그렸다.

"뭐야? 우리 마음대로 우리 집에서 나가지도 못해?"

"죄송합니다."

정중하게 고개를 숙이는 청년의 모습에 박천수가 작게 혀를 차고는 다시 창가에 가서 앉았다.

"태수 형 진짜 오랜만에 보는 건데……."

박천수의 투덜거림에 창밖을 보던 김호철이 물었다.

"친한 분인가 보네요?"

"예전 SG에 있을 때 같은 팀 선배였어."

"박 팀장님도 SG였어요?"

김호철의 물음에 박천수가 창밖을 보며 말했다.

"군대 있을 때 각성을 해서 군복무 대신 SG에 들어갔지."

"능력자도 군복무 해야 합니까?"

"군복무는 아니고 능력자는 SG에 들어가야지. 한국 남자라면 누구나 해야 하는 군복무니까."

"그럼 군대에서 어떻게 각성을 하신 겁니까?"

호기심 어린 김호철의 물음에 박천수가 잠시 있다가 피식 웃었다.

"갈굼당하고 시무룩해 있는데 고참이 담배 한 개비 주더라고. 그때 담배 피우면서 능력을 각성했지. 후!"

작게 웃은 박천수가 김호철을 바라보았다.

"능력 각성하고 내가 가장 먼저 한 일이 뭐게?"

"글쎄요?"

"나 갈군 선임들 담배 연기로 묶어놓고는 그들 앞에서 계속 담배 연기를 뿜어냈지. 크크크! 지금 생각해 보면 그때 피운 담배가 가장 맛있었던 것 같아."

옛 추억을 회상하며 웃는 박천수를 보던 김호철이 힐끗 뒤를 돌아보았다. 도원군과 백진이 커피를 마시며 담소를 나누고 있었다.

'진짜 잡으려는 건가?'

아침 일찍 수정 카페 주위로 국정원과 청와대 경호대로 보이는 능력자들이 매복을 했다. 그리고 청와대에서 왔다는 요원들이 행복 사무소 사람들에게 협조를 요청했다. 이미 김호철에게 이런 일이 있을 것이란 이야기를 들었기에 마리아와 직원들은 협조를 하기로 했다.

그리고 열한 시쯤이 되자 도원군이 백진과 함께 카페에 들어온 것이다.

'그런데 잡을 건지 말 건지 왜 대답을 안 해주는 거지?'

도원군에게 카인을 잡을 거냐고 물었지만 그는 그저 웃을 뿐 답을 해주지 않았다. 그러고는 마리아에게 커피 한 잔을 달라 하더니 이렇게 시간을 죽이고 있는 것이다.

잠시 도원군과 백진을 보던 김호철이 그들에게 다가갔다.

"대체 무슨 생각들이십니까? 두 분이서 카인을 같이 잡으실 생각입니까?"

도원군과 백진이 같이 나선다? 그렇다면 카인을 잡는 것이 가능할 것이다.

김호철의 말에 커피를 마시던 백진이 고개를 저었다.

"나는 그저 카인이라는 자가 궁금해서 왔을 뿐이다."

"설마 싸움 구경 오신 겁니까?"

"구경이라면 구경이겠지."

백진이 온 이유는 말 그대로 구경이었다. 구경을 하면서 아르카디안 능력자가 얼마나 강한지를 알아보기 위한 일종의 정보 수집. 그것이 백진의 목적이었다.

백진의 말에 김호철이 그를 보다가 도원군을 향해 고개를 돌렸다.

"그럼 도 국장님은?"

"미리 알면 후회할 것이니…… 이따 보게나."

"제가 미리 알면 안 되는 것입니까?"

김호철의 물음에 도원군이 작게 웃으며 커피를 마시기 시작했다. 답을 해주지 않는 도원군을 보며 입맛을 다신 김호철이 힐끗 시계를 바라보았다.

〈12:05〉

'이제 곧 올 때가 됐는데…….'

그런 생각을 할 때 입구에 있던 국정원 직원이 귀에 손을 가져갔다. 그러고는 도원군에게 다가왔다.

"나타났습니다."

직원의 말에 도원군이 고개를 끄덕이고는 몸을 일으켰다. 그러고는 창가로 다가가 밖을 바라보았다. 밖에 있던 국정원과 경호대 대원들이 천천히 공원 입구 쪽으로 이동하고 있었다.

그리고…… 공원 입구 쪽에서 카인이 뒷짐을 진 채 걸어오는 것이 보였다.

저벅! 저벅!

천천히 걸어오는 카인의 모습에 사람들이 그 배후와 주위에 모여들기 시작했다.

스스슥! 스슥!

순식간에 자신의 주위를 감싸는 사람들의 모습에 카인이 걸음을 멈추고는 그들을 바라보았다.

그 순간, 도원군의 몸이 사라졌다.

화아악!

갑자기 사라지는 도원군의 모습에 김호철이 급히 창밖을 바라보았다.

'어쩌려는 거지?'

김호철은 순간이동으로 카인에게 갔다 생각을 한 것이다.

하지만 김호철의 생각은 틀렸다. 사라졌던 도원군은 창밖이 아닌 사라졌던 그 자리에 다시 모습을 드러내고 있었다.

화아악!

그러나 도원군은 혼자가 아니었다. 그의 옆에는 정장을 입은 한 중년인이 있었다.

"문대수?"

도원군과 함께 나타난 중년인은 대한민국 대통령 문대수였다.

문대수는 놀란 얼굴로 주위를 보고 있었다.

"여…… 뭐?"

너무 당황해 무슨 말인지 모를 말을 중얼거리는 문대수의 모습에 김호철이 뜨악한 표정으로 도원군을 바라보았다.

"설마, 그냥 데려온 겁니까?"

김호철의 말에 도원군이 작게 고개를 끄덕였다.

'미친…… 대통령을 납치해?'

대통령을 사전에 아무런 허락이나 말도 없이 도원군은 그냥 납치하듯 데려와 버린 것이다.

김호철이 놀라 입을 쩌억 벌리고 있을 때 도원군이 문대수에게 말을 걸었다.

"대통령님."

도원군의 부름에 문대수가 의아한 얼굴로 그를 바라보았다.

"도 국장?"

"제가 이곳으로 모셨습니다."

도원군의 말에 문대수의 얼굴이 굳어졌다.

"감히 일국의 대통령인 나를 납치했다는 것입니까?"

"죄송하게 되었습니다."

"아무리 도 국장이라 해도 이 일은 그냥 넘어갈 수 없습니다."

문대수의 격노한 목소리에 김호철과 사람들이 자기들도 모르게 고개가 저절로 숙여졌다. 문대수의 목소리와 몸에서는 능력자 못지않은 위압감이 흘러나오고 있었다.

'TV에서 볼 때와는 딴판이네…….'

문대수에게 위압감을 느끼며 김호철이 속으로 중얼거릴 때 도원군이 창밖을 가리켰다.

"대통령님께서 보셔야 할 것 같아 모셨습니다."

도원군의 말에 문대수가 창밖을 바라보았다. 창밖에는 한 금발의 외국인을 사람들이 둘러싸고 있었다.

"설마…… 인천?"

"대통령님께서 지시한 일입니다. 직접 보시지요."

"지금 나를……."

"시작하는군요. 보시지요."

카인은 자신을 둘러싸고 있는 능력자들을 바라보았다.

'흠…… 김호철의 말도 무시당한 건가?'

힐끗!

고개를 돌려 카페 쪽을 본 카인은 자신을 보고 있는 사람들을 볼 수 있었다.

'어쩌자는 거지? 이들 다 죽일 생각인가?'

카인이 그런 생각을 할 때 그의 귀에 작은 목소리가 들려왔다.

ㅡ죽이지 말고 제압만 해주시기 바랍니다.

갑자기 귀에 들리는 목소리에 카인이 주위를 둘러보았다.

ㅡ저를 찾지 못하실 것입니다. 도원군 국장님께서 대통령님을 모셔왔습니다.

카인의 얼굴에 살짝 놀람이 어렸다.

'문대수 대통령을?'

ㅡ후작님의 실력을 대통령님께 보게 하려는 것입니다. 그러니 죽이지는 말고 제압만 해주시기 바랍니다. 어려우시겠지만 부탁드리겠습니다.

귀에 들려오는 소리에 잠시 있던 카인이 고개를 끄덕였다.

"어렵다라……. 후! 좋아 그렇게 하지."

ㅡ감사합니다.

그것으로 목소리는 더 이상 들리지 않았다.

카인이 주위에 있는 능력자들을 바라보았다.

"관객은 다 모인 것 같으니 이제 시작들 하지 그러나."

말과 함께 카인이 목걸이를 풀어서는 검을 뽑아냈다.

스르륵!

그 모습에 능력자들이 사방에서 카인을 향해 쏘아져 들어갔다.

그와 함께 카인의 몸에 압박이 들어왔다.

자신의 몸을 내리누르는 압박에 카인이 피식 웃었다.

'중력 능력자인가?'

카인이 가볍게 어깨를 검으로 쳤다.

팡!

"크아악!"

순간, 능력자들 뒤에 있던 사내 셋이 그대로 뒤로 넘어갔다. 카인의 힘에 의해 능력이 깨지자 충격을 받고 쓰러진 것이다.

문대수는 굳은 얼굴로 창밖을 보고 있었다.

퍽! 우당탕탕! 쿵!

창밖에서는 금발의 사내를 공격하는…… 아니, 금발의 사내에게 두들겨 맞고 이리저리 날아가고 있는 능력자들이 있었다.

"이게……."

카인이라는 자를 잡기 위해 보낸 능력자들은 청와대와 국정원에서도 뛰어난 정예 요원들이었다. 경호실장과 국정원장의 보고에 의하면 이 정도 수면 칠장로라 불리는 도원군이나 백진도 상대 가능할 것이라 했다. 그래서 믿고 보냈다. 그런데 그들이 카인에게 상대가 되지 않고 있는 것이다.

'이자들이 일을 어떻게…….'

퍽!

"크아악!"

꽈직!

비명을 지르며 주차되어 있는 차 지붕에 떨어지는 요원을 본 문대수가 도원군을 향해 고개를 돌렸다.

"도 국장 왜 보고만 있는 것입니까? 가서 제압하세요."

문대수의 말에 도원군이 고개를 저었다.

"저는 분명 오늘 카인을 잡는 일에 나서지 않겠다 했습니다."

"지금 요원들이 쓰러지는 것이 안 보입니까!"

"그래서 잡으려 하지 말라 했습니다."

"지금…… 내 책임이라는 말입니까?"

문대수의 물음에 도원군이 말없이 문으로 시선을 돌렸다.

딸랑!

종이 울리는 소리와 함께 카인이 안으로 들어왔다.

카인이 들어오는 것에 문대수가 놀라 급히 창밖을 바라보았다.

'벌써?'

카인을 상대하던 능력자가 모두 쓰러져 있었다.

굳은 얼굴로 있는 문대수에게 카인이 웃으며 다가왔다.

“대통령님을 이렇게 뵈니 영광입니다. 카인 폰 그란디스 후작입니다. 그런데 밖에 있는 사람들 혹시 대통령님의 경호원들입니까?”

정중하게 한쪽 무릎을 살짝 구부렸다가 일어나는 카인을 보며 문대수가 언제 얼굴이 굳어졌냐는 듯 환하게 미소를 지었다.

“이렇게 만나서 반갑습니다. 제 경호 요원들이 사람을 잘못 보고 실수를 한 듯하군요. 제가 사과드리겠습니다.”

웃으며 문대수는 손을 내밀었다. 그 모습에 김호철은 황당했다.

‘방금 전까지 잡으라고 하던 사람이 이게 무슨? 게다가 겁도 없나? 저렇게 가까이 접근하다니.’

방금 전까지 요원들을 때려눕힌 사람에게 문대수는 아무렇지도 않게 다가가 손을 내밀고 있는 것이다.

그런 문대수의 손을 카인이 잡았다.

“영광입니다.”

고개를 숙이는 카인을 보며 문대수가 작게 고개를 끄덕이고는 비어 있는 탁자를 가리켰다.

“앉으시지요.”

카인이 힐끗 김호철을 보고는 자리에 앉자 문대수가 맞은편에 앉았다.

"게이트 너머에서 오셨다 들었습니다."

"네."

"지구와 다른 세상이라……. 참으로 한번 가 보고 싶은 곳이군요. 언제 한번 날씨 좋은 날 초청해 주시면 감사하겠습니다."

"그런 날이 오면 제가 직접 모시겠습니다."

"하하하!"

웃으며 담소를 나누는 문대수와 카인의 모습에 김호철이 슬쩍 도원군을 향해 말했다.

"둘 다 너무 뻔뻔한 것 아닙니까?"

카인은 문대수가 자신을 잡으려 했음을 안다, 그리고 문대수는 지금 자신이 납치되다시피 한 상황임을 알고 있다. 게다가 카인을 잡으려고 보낸 요원이 모두 그에게 쓰러지는 것도 자기 눈으로 봤다.

그런데도 두 사람 모두 그런 일이 언제 있었냐는 듯 웃으며 마치 약속을 하고 만난 사람처럼 담소를 나누고 있는 것이다.

김호철이 보기에 둘 다 눈만 가리고 야옹 하고 있는 고양이었다.

김호철의 말에 도원군이 문대수와 카인을 주시하며 입을 열었다.

"저게 정치라는 거네."
"정치요?"
"알고 있는 것과 아는 척을 하는 것은 다른 문제거든. 문제를 삼으면 문제가 되지만, 문제를 삼지 않으면 문제가 안 되는 일인 거지."
"문제라……. 쩝, 제 생각에는 저 대통령이 가장 문제인 것 같군요."
그러고는 김호철이 도원군을 보며 말을 이었다.
"겉과 속이 다른 사람과 일하는 거 짜증 날 것 같습니다."
김호철이 가장 싫어하는 사람이 믿지 못하는 사람이다. 그리고 지금 문대수를 보니 딱 그런 사람이었다.
"후!"
웃으며 고개를 저은 도원군이 문대수와 카인을 계속 주시하자 김호철도 그쪽을 바라보았다.
카인과 이야기를 나누던 문대수가 도원군을 향해 손을 들었다. 그에 도원군이 다가오자 문대수가 그에게 말했다.
"중한 외교 문제를 논해야 하니 외부인은 밖으로 내보내십시오."
문대수의 말에 김호철과 행복 사무소 직원들의 얼굴에 황당함이 어렸다.
'외부인은 지가 외부인이면서…….'

'왜 우리 보고 나가래?'

하지만 어쩔 수 없었다. 도원군이 그들에게 눈짓을 준 것이다. 그 시선에 마리아를 비롯한 행복 사무소 직원들이 입맛을 다시며 밖으로 나왔다.

"호철 군은 여기 있게."

밖으로 나가려던 김호철은 도원군의 말에 힐끗 마리아들을 바라보았다. 그에 마리아가 작게 고개를 끄덕이자 별다른 말없이 의자에 엉덩이를 붙였다.

그렇게 카페 안이 비자 문대수가 카인을 바라보았다.

"그럼 이제 외교 문제를 이야기 하도록 하지요. 나라 이름이……."

"트루실 왕국입니다."

"인구가?"

인구를 묻는 문대수를 보며 카인이 고개를 끄덕였다.

'날카롭군.'

인구의 수는 국력을 가늠할 수 있는 기본적인 요소이다. 옛날 중국이 못 살던 당시에도 경제학자들은 깨어나지 않은 용이라 칭했다. 인구가 워낙 많다 보니 뭘 해도 될 것이라는 의미다.

문대수가 별것 아닌 것을 묻는 것처럼 트루실 왕국의 인구를 물은 것은 그가 쉬운 상대가 아니라는 의미였다.

'하긴…… 대통령이나 되는 자가 쉽지 않겠지.'

하지만 인구수를 말하는 것은 어렵다. 인구수를 말하면 트루실 왕국의 국력을 대충 추정할 수 있는 것이다.

"한국 인구보다는 조금 적습니다."

"정확한 수치는?"

"대통령께서도 말하지 못하는 것이 있을 것입니다. 그때를 위해 이번은 넘어가지요."

카인의 말에 문대수가 작게 웃었다.

'자기 질문에 다 답을 할 것이냐인가? 후!'

카인의 말은 자기 질문에 모두 정확하게 답을 할 것이 아니라면 이 물음은 넘어가자는 것이다.

"그렇게 하지요."

"일단 저희 왕국에서 한국에 제안할 수 있는 것을 몇 가지 말씀드리겠습니다."

"호오! 어제 갑자기 오셨다 들었는데 벌써 귀국…… 왕이라 칭하면 될까요?"

"국왕 전하라 표현해 주셨으면 좋겠습니다."

카인의 말에 고개를 끄덕인 문대수가 말했다.

"국왕 전하께 벌써 지시를 받은…… 아! 시간이 열 배 빠르다고 했으니 트루실에서는 열흘이군요."

열흘이면 논의를 하기에 부족한 시간은 아니다.

"그럼 그쪽에서 제안하는 것이 무엇입니까?"

"한국의 마나 발전소의 효율을 200% 증가시킬 수 있는 마법진 도면과 설치를 도울 마법사들을 지원해 드리겠습니다."

"마나 발전소 효율 200%?"

"그렇습니다."

카인의 말에 문대수가 잠시 생각에 잠겼다.

"이 자리에서 간단하게 답을 할 수 있는 일이 아니군요."

문대수의 답에 김호철의 얼굴에 의아함이 어렸다.

'왜?'

마나석이 가장 많이 활용되는 것은 누가 뭐래도 마나 발전소다. 그런데 그보다 효율이 두 배나 높은 발전소를 만들 수 있는 마법진을 제공한다는데 그것에 대한 답을 하지 않는 것이다.

게다가 그 마법진을 연구하면 한국의 뒤떨어진 마법학을 발전시킬 수도 있다.

김호철이 그런 생각을 할 때 카인이 미소를 지었다.

'미친 것 아냐? 마나 발전소 효율이 두 배로 올라가면 우리나라 전기 값도 엄청 떨어지고 국민들도 좋아할 텐데.'

김호철이 그런 생각을 할 때 카인이 미소를 지었다.

"하긴 쉽게 답을 할 수 있는 일은 아니겠지요. 마나석 산업에 큰 변화가 생길 수 있는 일이니."

"이해해 주셔서 감사합니다."

그 후에도 두 사람은 한국과 트루실 왕국 간에 동맹을 맺으면 서로 줄 수 있는 것과 받고 싶은 것에 대한 이야기를 한참 나누었다. 하지만 그저 이런 제안이 있다는 것과 이런 이야기가 있으니 생각을 해보라는 것뿐…… 결론은 나지 않았다.

7장
중국 SG 마황 국장

문대수를 데리고 사라지는 도원군을 보며 김호철이 목을 비틀었다.

'피곤하다.'

문대수와 카인은 뭔가 복잡한 이야기를 한참을 나누었다. 하지만 결정이 난 것은 아무것도 없었다.

그것이 김호철은 황당했다. 두 시간 가까이 이런저런 이야기를 하며 서로가 원하는 것을 말하고 제안을 했지만, 서로 확답을 받은 것은 아무것도 없는 것이다. 다 두루뭉술하게 '생각을 해보겠다'라는 식으로 즉답을 피했다.

'이게 정치라는 건가?'

속으로 중얼거릴 때 카인이 백진에게 다가왔다.

"능력자 협회 백진 회장님이시지요? 뵙게 되어 영광입니다."

카인의 말에 백진이 고개를 끄덕였다.

"나도 뵙게 돼 반갑소."

카인이 김호철을 향해 고개를 돌리고는 목걸이를 풀었다.

"이건 어제 이야기한……."

목걸이 안에 손을 집어넣는 카인의 모습에 백진의 얼굴에 놀람이 어렸다. 목걸이 안에 들어간 손이 사라진 것이다.

"설마?"

백진이 놀라는 것을 힐끗 본 김호철이 기대감 어린 눈으로 카인을 바라보았다.

그리고 목걸이에 넣었던 카인의 손이 빠져나왔다.

스윽!

카인의 손과 함께 빠져나온 것은 검은 허리띠였다.

"지구에서 쓰기 편하도록 허리띠 형태로 만들었습니다."

카인이 주는 허리띠를 받은 김호철이 그것을 보다가 놀랐다.

"이건 사또?"

허리띠는 프랑스 명품 브랜드 사또였다.

"한국 사람들이 좋아하는 브랜드라고 해서 이걸로 했는데 마음에 안 드십니까?"

"아니, 그런 것은 아니지만…… 지구에서 제작을 하신 겁니까?"

김호철의 물음에 싱긋 웃은 카인이 손을 내밀었다.

"사용 방법을 알려드리겠습니다."

김호철에게 허리띠를 받은 카인이 그것을 둥글게 말았다.

"허리띠를 둥글게 말고 난 후에 버클을 잡고 마나를 주입하십시오. 그렇게 하고 물건을 넣고 빼면 됩니다."

"그뿐입니까?"

"사용해 보시면 방법은 아실 겁니다."

카인의 말에 김호철이 허리띠를 다시 받아서는 버클을 잡고 마나를 주입했다.

그러자…….

화아악!

반투명한 공간이 눈에 들어왔다.

"이건?"

"뭔가 반투명한 것들이 보일 겁니다. 다른 사람들의 눈에는 보이지 않지만 그 공간이 아공간입니다."

카인이 자신이 마신 잔을 김호철에게 내밀었다.

"넣어보십시오."

카인의 말에 김호철이 잔을 받아 허리띠 안으로 넣었다. 그리고 손을 빼자 반투명한 공간에 두둥실 떠 있는 잔이 보였다.

"아공간에 넣은 물건은 그 자리에 고정이 됩니다. 오직 그 버클을 쥐고 있는 사람의 손에 의해서만 움직이고 밖으로 꺼낼 수 있습니다."

카인의 말에 김호철이 웃으며 버클에 주입하던 마나를 멈췄다.

화아악!

그러자 방금 전까지 김호철의 눈에 보이던 반투명한 공간이 사라졌다. 신기한 듯 김호철이 다시 마나를 주입했다가 중지하기를 반복했다.

그렇게 아공간을 구경하는 사이 카페 밖에 나가 있던 직원들이 안으로 들어왔다.

"우와! 이게 아공간 아이템?"

정민이 호기심이 가득한 얼굴로 다가오자 김호철이 웃으며 그를 향해 허리띠를 들었다.

"봐라."

그러고는 김호철이 허리띠 안으로 손을 쑤욱 넣었다. 그 모습에 정민과 직원들의 얼굴에 놀람과 호기심이 어렸다. 허리띠 사이로 들어간 손이 사라진 것이다.

"우와!"

"멋지다."

정민과 박천수가 대단하다는 듯 환호를 지르는 것을 보던 김호철의 얼굴이 순간 굳어졌다.

'이 느낌은 설마?'

스윽!

이상한 기분에 고개를 살짝 돌린 김호철의 눈에 고윤희가 눈을 가늘게 뜬 채 허리띠를 보고 있는 것이 보였다. 그 모습에 김호철이 급히 허리띠를 착용했다.

"이건 안 돼."

"호철 오빵, 윤희 사또……."

"이건 남성용이야."

"윤희는 사각 팬티도 입을 수……."

"안 돼!"

단호한 김호철의 말에 고윤희가 혀를 쯧! 하고 차고는 슬며시 카인을 바라보았다.

"카인 오빠…… 윤희도 이거 하나 주면 안 돼요? 윤희 이거 가지고 싶은데……."

고윤희의 애교가 뚝뚝 떨어지는 목소리에 카인이 웃었다.

"하하하! 이거…… 죄송하지만 아공간 주머니 아이템은 저희 쪽에서도 반출이 어려운 물건입니다."

카인의 말에 고윤희가 눈을 찡그렸다. 방금 전까지 언제 애교를 피웠냐는 듯 인상을 쓰며 고윤희가 말했다.

"호철이는 되고 나는 안 된다는 거야? 뭐가 이렇게 불공평해. 남녀 차별하는 거야 뭐야!"

"죄송합니다."

카인이 고개를 젓고는 김호철을 향해 작별 인사를 했다.

"그럼 다음에 다시 뵙겠습니다."

"잘 쓰겠습니다."

김호철이 허리띠를 손으로 툭툭 치며 하는 말에 고개를 끄덕인 카인이 카페 문을 열고 밖으로 사라졌다.

카인이 가든 말든 행복 사무소 사람들은 신경 쓰지 않았다. 모든 이가 김호철의 허리띠를 부럽다는 듯 보고 있었다.

화아악!

빛과 함께 청와대 집무실에 나타난 문대수가 옆에 서 있는 도원군을 바라보았다. 카인과 있을 때와는 달리 문대수의 얼굴은 싸늘했다.

잠시 도원군을 보던 문대수가 입을 열었다.

"제가 도 국장님을 어떻게 해야겠습니까?"

"어떤 처벌이든 받겠습니다."

"허!"

한 줄기 웃음과 함께 책상에 손을 올린 문대수가 손가락으로 책상을 두들겼다.

톡! 톡! 톡!

잠시 그렇게 있던 문대수가 입을 열었다.

"대통령 납치라……."

문대수의 작은 중얼거림에 도원군은 입을 열지 않았다. 그런 도원군을 보던 문대수가 한숨을 쉬었다.

'감옥에 넣자니 순간이동 능력자인 도 국장을 가둘 수 있는 감옥이 없고, SG 국장 자리에서 해임을 시키자니 도 국장 외에는 그 자리를 감당할 수 있는 능력자도 없구나.'

감옥? 도원군은 순간이동 능력자다. 아무리 벽이 두껍고 높다 해도 나가고 싶으면 나갈 수 있다.

SG 국장 자리 해임? 그렇지 않아도 인원이 부족한 SG다. 프리 헌터에 비해 벌이가 적은 SG다 보니 실력 있는 능력자들은 SG에 남지 않는 것이다. 그런데도 SG가 그나마 유지가 되는 것은 도원군의 명성과 능력을 따르는 능력자들이 남아 있기 때문이다.

그런데 도원군을 해임한다? SG가 분해될지도 모르는 일이었다.

게다가 도원군을 해임한다는 것은 그를 프리로 풀어준다는 의미였다. 정부의 지시를 받는 유일한 장로인 도원군을 풀어줄 수는 없었다.

'하아!'

작게 한숨을 쉰 문대수가 도원군을 바라보았다. 도원군은 아무 말 없이 가만히 서 있을 뿐이었다.

그런 도원군을 보고 있자니 문대수는 울화통이 터졌다. 대통령 납치라는 아주 커다란 죄를 지은 도원군을 어떻게 할 수가 없는 것이다.

“3개월 감봉하겠습니다.”

3개월 감봉. 도원군에게 아무런 대미지도 없는 일이다. 월급 보고 일을 하는 사람이 아니니 말이다. 아니, 월급이라고 해도 도원군의 재산의 한 달 이자도 되지 않을 금액이다.

‘제길!’

고작 3개월 감봉이라는 처벌밖에 내리지 못하는 자신에게 속으로 화를 내고 있는 문대수를 보며 도원군이 고개를 숙였다.

“알겠습니다.”

“다시는 이런 일이 없기를 바랍니다.”

문대수는 이 말밖에 할 수 없는 자신에게 화가 났지만 어쩔 수가 없었다.

“쉬겠습니다.”

문대수의 말에 도원군이 작게 고개를 숙이고는 몸을 돌렸다.

화아악!

희미한 빛과 함께 도원군이 사라지자 문대수가 주먹을 움켜쥐었다.

"아오!"

순간 고함을 지른 문대수가 허공에 주먹질을 하고는 소리쳤다.

"짜증 나!"

수정 카페에서는 행복 사무소 직원들이 김호철의 허리띠를 구경하고 있었다.

"이야 좋다."

박천수가 허리띠를 자신의 허리에 착용해 보이고는 자세를 잡았다.

"어때?"

"허리띠 위로 나온 배부터 어떻게 하죠."

고윤희의 말에 박천수가 헛기침을 하고는 허리띠 끈을 만지작거렸다. 허리띠가 박천수의 배에 비해 조금 짧았다. 게다가 특이한 것이 보통 허리띠에는 구멍이 여러 개 나 있는데, 이 허리띠에는 딱 세 개만 나 있었다.

"좀 길게 만들지. 호철아, 이거 줄이 짧아서 그런데 끝에 구멍 하나 뚫으면 안 되냐?"

"말이 되는 소리를 하십쇼."

마법진이 그려져 있을 허리띠에 구멍이라니 말도 안 된다.

박천수에게 한 소리를 지른 김호철이 정민을 바라보았다. 대통령과 카인이 나눈 이야기를 듣고 싶다 해서 정민에게 그 자리에 있었던 일들을 말해주고 있었던 것이다.

"흠…… 그럼 결론이 난 것은 없다는 거죠?"

"그렇지. 나중에 다시 이야기하자면서 헤어졌어."

"그렇군요."

김호철에게 들은 것들을 적은 종이를 보며 정민이 생각에 잠겼다.

"무슨 생각을 해?"

"이게 다 돈이에요."

"돈?"

김호철의 말에 정민이 종이에 적힌 마나 발전소 내용을 가리켰다.

"마나 발전소 효율을 200% 증가시키는 마법진……. 이게 체결이 되면 어떤 일이 생길 것 같아요?"

"전기 요금이 낮춰지지 않을까?"

"그럴 수도 있고……. 가장 큰일은 마나석 가격이 떨어질 거예요."

"마나석 가격이?"

"현재 마나석 구매를 가장 많이 하는 곳은 한국전력공사예요. 하지만 효율이 200% 증가한다면 이때까지 구매하던 마나석 수요가 줄어들겠죠. 수요가 줄면 가격은 떨어지는 것이 당연한 일. 마나석 가격이 떨어질 거예요."

"그렇군. 그럼 우리 마나석 어떻게 해?"

"만약 이게 결정이 되고 뉴스화가 된다면 마나석 가격이 떨어질 거예요. 만약 저라면 떨어지기 전에 마나석 다 팔고 떨어지고 난 후에 다시 사들일 거예요."

"떨어지는 마나석을 다시 산다고?"

"마나 발전소 효율이 올라가도 지금 한국의 전력 공급을 모두 감당할 수는 없어요. 그렇다면 마나 발전소를 더 지을 테고 마나석의 소요는 다시 늘어나겠죠. 소요가 늘면 다시 가격은 올라요."

정민의 말에 김호철이 그를 보다가 고개를 저었다.

"오를지 말지 모르는 마나석에 투자를 할 생각은 없고 난 그냥 얻는 대로 팔래."

"그것도 괜찮죠. 어쨌든 이 안에 있는 내용들을 보면 많은 산업이 얽혀 있어요. 이걸 잘 활용하면 돈 좀 되겠는데요."

웃으며 종이를 잘 접어 주머니에 넣는 정민을 보다가 김호철이 말했다.

"산업들이 얽혀 있다라……. 그래서 문대수가 받아들이지 않은 건가?"

"그렇죠. 문대수가 대통령이 되기까지 여러 곳에서 정치 자금을 받았을 텐데 지금 나온 이야기로 타격을 받는 회사가 분명 있을 테니까요."

그러고는 정민이 김호철을 바라보았다.

"마나석으로 발전소를 돌리기 전에 정치인들이 막 반대하고 했던 것 기억나세요?"

"기억나는 것 같아."

마나석으로 발전소를 돌릴 수 있다는 마법사들의 주장에 정치인들이 말도 되지 않는다며 일축했었다.

아직 잘 알지도 못하는 마나석이 폭발할 수 있다는 것과 환경이 파괴될 수도 있다는 말로 말이다.

"그게 석유 관련 산업과 산유국에서 정치인들에게 로비를 해대서 그런 거예요. 마나 발전소가 생기면 산유국과 석유 관련 산업이 타격을 받을 수밖에 없으니까요."

"그럼 돈 때문이란 거야?"

"모든 일이 다 돈과 관련이 있는 거죠. 하지만 아마 보안 문제도 있을 거예요."

"보안 문제?"

"효율을 높인다는 건 마법진을 손본다는 건데, 지구보다

월등하게 높은 마법 문명을 가진 그들이 마법진에 자폭이나 폭주와 같은 마법을 숨겨 놓는다면 엄청난 피해가 생기겠죠."

잠시 말을 멈춘 정민이 고개를 끄덕였다.

"문대수 대통령이 제안을 받아들이지 않고 시간을 끈 이유가 아마 이거겠네요."

"그들을 믿지 못한다는 것?"

"맞아요. 마나 발전소가 터진다고 생각을 해보세요. 도시 하나는 그대로 날아갈 거예요."

말을 한 정민이 문득 김호철을 바라보았다.

"그러고 보니…… 지구 나라들과 동맹을 맺은 나라가 더 있다고 했던 것 같은데?"

"몇 개인지는 말하지 않았지만 있다고 했던……."

말을 하던 김호철의 얼굴이 굳어졌다. 정민이 왜 이것을 물었는지 안 것이다.

"설마?"

김호철의 중얼거림에 정민 역시 굳은 얼굴로 고개를 끄덕였다.

"카인이 제시한 마나 발전소를 다른 나라에서 받아들였다면……."

"마나 발전소가 터질 수도 있다?"

김호철은 조금은 피곤한 얼굴로 앉아 있었다. 그리고 그 앞에는 도원군과 백진이 있었다. 능력자 협회 협회장실이었다.

"호철 군의 말이 일리가 있어."

도원군의 말에 백진이 한숨을 쉬었다.

"일리가 있다는 것을 알지만…… 그렇다고 우리가 뭘 어떻게 하겠나?"

"만약 마나 발전소가 터진다면……."

"전 세계적으로 타격이 크겠지."

그리고 잠시 있던 백진이 입을 열었다.

"게다가 마나 발전소가 터지면서 생기는 인적 피해는 일차에 불과할 것이네. 대부분의 나라가 지금 마나 발전소를 채택해 가동을 하고 있는 실정이니……. 마나 발전소가 터진다면 전력이 급속히 부족해질 것이야."

"그래서 찾아야 하는 것이네. 찾아서 확인을 하고."

"하지만 방금도 말했지만 어쩌겠나? 어느 나라에서 동맹을 맺고 그 기술을 가져다 쓰고 있는지도 모르는데."

"그게 문제기는 하군."

"마나 발전소 효율이 높아졌다는 나라에 관한 뉴스도 없네."

"휴! 게이트 너머 국가와 동맹을 맺고 마나 발전소와 같은 기술을 받았다면 비밀로 하는 것이 당연하지 않겠나? 또한 그렇지 않더라도 마나 발전소의 설계와 건설은 국가 보안 기밀이니 알려지지 않은 것도 당연하네."

두 사람의 대화에 김호철이 가만히 있다가 입을 열었다.

"저기 이런 이야기는 제가 없어도 될 것 같으니…… 저는 이만 가 보는 것이."

"무슨 말인가. 자네가 한 말인데 당연히 함께 있어야지. 게다가 게이트 너머 세상에서 지구를 침공할 생각을 가지고 있기라도 한다면 이건 남의 일이 아닐세."

도원군의 말에 김호철이 한숨을 쉬었다. 마나 발전소에 문제가 있을 수도 있다는 이야기를 정민에게 들은 김호철은 일리가 있다 생각했다.

게이트 너머 세상이 지구와 비슷한 정치를 하는 국가 체제를 이루고 있다면 만약을 대비해 지구에 넘기는 기술에 함정을 만들어 둘 수 있었다. 게다가 마법진에 그런 함정을 만든다고 해도 지구 마법 수준으로는 찾을 수 없다.

그에 김호철은 걱정이 되었다. 세계 평화라든지 하는 거창한 이유가 아니었다. 그저 게이트 너머 놈들이 지구에서 뭔가 수작질을 하려 한다는 것이 마음에 안 들어서였다.

그래서 도원군에게 전화를 해서 이 일에 대한 이야기를 해주었다. 그러자 도원군은 바로 순간이동으로 김호철의 옆에 나타나 그를 데리고 백진에게 와버린 것이다. 이 일을 상의해야겠다면서 말이다.

'귀찮은 일이 계속 생기네.'

이야기만 해주고 빠지려고 했는데…….

라는 생각을 하며 김호철이 주위를 둘러보았다.

백진의 사무실인 능력자 협회 회장실에 김호철은 처음 와봤다.

회장실이라면 으레 있을 것이라 생각하는 테이블과 같은 것은 없고 조선 시대 양반집 방처럼 꾸며져 있었다. 그 흔한 의자도 하나 없어 김호철이나 도원군은 방석에 앉아 있었다.

'조선 길드 사람들이 한복 입고 다니더니……. 다 백진 회장님 취향이었군.'

그런 생각을 하며 김호철이 슬쩍 몸을 일으켰다.

"왜 일어나나?"

"솔직히 제가 있는다고 도움이 될 것 같지가 않습니다."

다시 가겠다는 말을 하는 김호철의 말에 도원군이 혀를 찼다.

"쯧! 그래도 같이 머리를……."

"중국 SG 국장한테 문의를 해보지 그러세요. 우리나라보다는 그래도 중국이 정보력이니 뭐니 더 나을 텐데요."

김호철의 말에 도원군이 고개를 저었다.

“강진 그 친구가 나와 친하기는 해도 그 친구도 나라에 대한 충성심이 대단한 이야. 그 친구에게 이 일에 대해 말을 하면 그걸 어떻게 아는지 의심을 할 것이고 우리부터 먼저 조사하려 할 수 있어.”

“사실대로 이야기하면 안 됩니까?”

“사실대로?”

도원군이 자신을 바라보자 김호철이 말했다.

“때로는 일을 쉽게 보고 쉽게 하는 것이 쉽게 풀릴 때가 있습니다.”

“직구라는 건가?”

“그리고 강진이라는 분도 도 국장님을 믿고 능력자 납치 사건과 사람의 몸에서 나오는 마나석에 관한 이야기를 한 것 아니겠습니까? 도 국장님도 강진 국장님을 믿어보시지요.”

김호철의 말에 잠시 생각을 하던 도원군이 고개를 끄덕였다.

“옳은 말이군.”

도원군이 핸드폰을 꺼내 들었다. 하지만 조금 고민이 되는 듯 도원군이 핸드폰을 바라만 볼 뿐 전화를 걸지 않았다.

“생각 좀 더 해보시고 전화하십시오.”

김호철의 말에 도원군이 고개를 저었다.

“아니야, 생각난 김에 하는 것이 좋겠어.”

도원군이 전화를 걸었다. 중국어로 통화를 하는 도원군을 보며 김호철이 백진에게 작게 말했다.

“도 국장님이 중국어를 잘하시네요.”

“중국어뿐인가, 일본어도 잘하고 영어도 잘하지.”

“한국어까지 하면 4개 국어를……. 대단하시네요.”

“두루 능통한 친구지.”

그렇게 한참을 통화를 한 도원군이 전화를 끊었다.

“온다는데…….”

도원군의 말에 김호철이 의아한 얼굴로 그를 바라보았다.

“지금요?”

“응.”

“설마 강진 국장도 순간이동 능력자입니까?”

“강진은 무공을 익힌 무인이다.”

“그럼 비행기 타고 오신다는 겁니까?”

김호철의 물음에 도원군이 웃으며 고개를 저었다.

“중국 인구를 생각해 본다면 별의별 능력자가 다 있다 봐야겠지. 순간이동이 됐든 뭐가 됐든 알아서 올…… 응?”

말을 하던 도원군의 얼굴에 의아함이 어렸다. 그리고 잠시 있다가 웃었다. 지금 도원군의 눈앞에 다른 사람들의 눈에는 보이지 않는 글자들이 떠 있는 것이다.

“재밌는 능력이군.”

"뭐가 말입니까?"

김호철의 물음에 도원군이 고개를 젓고는 허공에 떠 있는 글자를 손으로 눌렀다.

그러자…….

화아악!

도원군의 앞에 빛이 뭉치더니 두 사람의 모습이 나타났다. 검은 정장을 입은 한 청년과 중국 무협 영화에서나 나올 것 같은 백의 무복을 입고 있는 노인…….

'저 사람이 중국 SG 국장 강진인가 보네.'

노인의 얼굴은 호상(虎狀)이었다. 하얀 눈썹은 하늘을 향해 치솟아 있고 눈에서는 정광이 일렁이는…….

김호철이 강진을 호기심 어린 눈으로 보고 있을 때 그가 도원군을 향해 말했다.

"마나 발전소에 게이트 너머에서 온 자들이 뭔 짓을 했을지도 모르겠다는 말 자세히 해보게."

강진의 입에서 나온 것은 뜻밖에도 한국어였다. 그것도 아주 능숙한…….

그에 놀란 김호철이 백진에게 작게 속삭였다.

"한국말을 잘하시는군요."

김호철의 작은 속삭임에 강진이 그를 힐끗 바라보았다. 아주 작게 속삭였는데도 강진은 그것을 다 들은 것이다.

"자네가 새로운 한국의 장로 블러드 나이트군."

강진의 말에 김호철이 자신을 손가락으로 가리켰다.

"저를 아십니까?"

"한국의 새로운 강타자를 모른다면 중국 SG 국장이라고 할 수 없겠지."

그러고는 강진이 백진을 향해 고개를 돌렸다.

"마음이 급해 인사가 늦었습니다. 이렇게 직접 얼굴을 뵙는 것은 처음이군요. 중국 SG 국장 강진입니다."

강진의 말에 백진이 웃으며 포권을 했다.

"중국에서는 이렇게 인사한다지요."

백진의 말에 강진도 웃으며 포권을 했다. 그런 강진을 보며 백진이 말했다.

"무림계 최고수 마황(魔皇) 강진 대협을 뵙게 되어 반갑습니다."

"후! 저야말로 풍신 백진 회장님을 뵙게 되어 반가울 따름입니다."

두 사람이 서로 인사를 나누는 것을 보며 도원군이 자리를 가리켰다.

"인사는 그 정도면 된 것 같으니 이제 앉도록 하세."

도원군의 말에 백진이 자신의 옆에 놓여 있는 인터폰을 눌렀다.

"두 분이 더 오셨으니 다과를 더 내오거라."

백진의 말에 한복을 곱게 차려 입은 여인 둘이 다과상을 들고 들어왔다.

자리에 놓이는 다과상을 보며 백진이 자리에 앉자 도원군과 사람들도 자리에 앉았다.

"그래, 이제 말해보게. 무슨 말인가?"

바로 본론으로 들어가는 강진을 보며 도원군이 잠시 있다가 입을 열었다.

"일단 먼저 할 이야기가 있네. 이 자리에서 듣는 이야기로 우리나라에 대한 외교적인 압박이나 중국 SG가 한국에 들어오는 일이 없게 해주게."

도원군의 말에 강진이 잠시 그를 보다가 입을 열었다.

"외교적인 압박은 절대 없을 것이네. 하지만…… 자네 하는 말을 듣고 필요하다 생각이 되면 내 요원들을 보내야겠네."

"우리 쪽에서 조사하고 정보를 보내줄 수도 있는데……."

"내가 자네를 속이기를 바라는 건가?"

강진의 말에 도원군이 한숨을 쉬고는 고개를 끄덕였다.

강진이 원한다면 지금이라도 중국 SG들을 비밀리에 한국으로 보낼 수 있다. 그리고 뭐가 되었든 조사를 시작할 것이다. 한국으로서는 귀찮은 일이다.

"좋네. 하지만 자네 요원들을 보낼 때에는 나에게 확실하게 말을 해줘야 하고 협조를 요청해야 하네. 독자적인 중국 요원들의 한국 활동은 절대…….”

도원군이 강진의 눈을 보며 말했다.

“용납하지 않을 것이네.”

도원군의 말에 강진이 미소를 지으며 고개를 끄덕였다.

“그렇게 하지.”

강진의 답에 도원군이 잠시 있다가 입을 열었다.

“게이트 너머에서 온 자들과 만났네.”

도원군의 말에 강진의 눈빛이 반짝였다.

“만났다라……. 무슨 의미인가?”

“말 그대로네. 그들과 만났고 그들과 이야기를 나눴네.”

도원군의 말에 강진이 잠시 생각을 하다가 말했다.

“어떤 이야기인가?”

“자세한 이야기는 할 수 없지만…… 그 이야기 안에 마나 발전소 효율을 높이는 기술에 관한 것이 있었네.”

도원군의 답에 강진의 옆에 말이 없던 청년이 고개를 숙였다.

“한 말씀 드려도 되겠습니까?”

청년의 말에 강진이 고개를 끄덕이며 말했다.

“내 밑에 있는 녀석인데 머리가 좋은 아이라 이야기 정리시킬 겸 데려왔네. 인사드리거라.”

"제갈현진입니다."

제갈현진의 이름을 듣는 순간 김호철은 그가 머리가 좋을 것이란 생각이 들었다.

'제갈공명도 머리 좋잖아.'

하는 단순한 생각을 하면서 말이다.

그런 생각을 하며 김호철이 제갈현진을 볼 때 그가 입을 열었다.

"제가 생각한 것이 몇 가지가 있습니다. 첫째, 게이트 너머의 인간과 한국은 모종의 협약을 맺었다. 둘째, 게이트 너머의 기술을 받아들이는 대가로 한국은 그들의 안전을 보장해 주었다. 아니면 게이트 너머 세상에 필요한 자원과 기술을 약속했다. 무기와 의약품 정도일 것이라 생각합니다. 셋째……."

잠시 말을 멈춘 제갈현진이 슬쩍 강진을 바라보았다. 그 시선에 강진이 고개를 끄덕였다.

"말하거라."

강진의 말에 제갈현진이 도원군들을 보며 입을 열었다.

"한국은 게이트 너머에서 온 자들을 믿지 못한다는 것입니다."

제갈현진의 말에 김호철의 얼굴에 감탄이 어렸다.

'그 자리에 있지도 않았는데…… 어떻게 이것을 다?'

"협약을 맺었다라는 생각은 어떻게 하신 겁니까?"

김호철의 물음에 제갈현진이 그를 힐끗 보고는 입을 열었다.

"아주 간단한 추측입니다. 게이트 너머에서 온 자들이 마나 발전소 효율을 높이는 기술을 그냥 말해줄 일은 없으니까요. 아마도 그들이 한국에 제안한 기술 중 하나가 마나 발전소일 것입니다. 그리고 그들이 뭔가를 주겠다고 제시했다면 그들 역시 한국에 받고 싶어 할 것이 있을 터…… 그 말은 서로 주고받는 관계가 형성이 되었다는 것……."

잠시 말을 멈춘 제갈현진이 도원군을 바라보았다.

"동맹이라든가 하는 관계가 형성이 되었을 것이라 생각을 합니다."

제갈현진의 말에 도원군이 그를 잠시 보다가 강진을 향해 고개를 돌렸다.

"아무것도 확인해 줄 수 없네."

도원군의 말에 강진이 미소를 지었다. 부정도 아니고 수긍도 아니다. 하지만 강진에게는 도원군의 지금 답처럼 확실한 답도 없었다.

"후! 그 말이면 충분하네. 고맙군."

도원군의 솔직한 말이 마음에 드는 듯 고개를 끄덕이던 강진이 입을 열었다.

"중국 정부는 아직 게이트 너머에서 온 자들과 아무런 관계가 없네."

강진의 말에 김호철이 뭔가 이상함을 느낀 듯 그를 바라보았다.

"지금…… '중국 정부는'이라고 하셨습니까?"

김호철의 물음에 강진이 고개를 끄덕였다.

"그렇네."

강진의 답에 도원군이 김호철을 바라보았다.

"왜 그러나?"

도원군의 물음에 김호철이 강진을 보다가 입을 열었다.

"중국이 아니라 중국 정부가 관계가 없다는 말은…… 중국 정부는 아니지만 중국 어디는 게이트 너머와 접촉을 했을 것이라는 의미로 들립니다."

김호철의 말에 강진이 고개를 끄덕였다.

"나 역시 아무런 확인을 해줄 수가 없네."

강진의 말에 도원군의 얼굴이 굳어졌다.

"어떻게 알았나?"

"뭘 알았냐는지 모르겠지만…… 우리나라는 인구가 많다 보니 마나 발전소도 많이 있지. 그리고 그중 일부는 국가가 운영하는 것이 아니라 민간 사업체가 운영하고 있네."

"요즘 미국이나 유럽 쪽도 그런 식으로 운영하고 있지 않나."

한국은 마나 발전소를 모두 국영으로 운영하고 있지만 선진국 중 일부는 마나 발전소를 민간에게 위탁 사업을 하고 있었다.

민간에서 마나 발전소를 짓는 비용을 대고 운영을 하면 그곳에서 생산되는 전기를 국가에서 사들이는 방식이다.

"그렇지. 그런데 민간 마나 발전소 몇 곳에서 마나석 구입이 줄었네."

"마나석 구입이 줄었다?"

"그렇지. 알다시피 중국의 능력자는 대부분 SG에 속하네."

자유경제 주의가 들어오기는 했지만 중국은 여전히 공산주의 국가다. 그렇기에 능력자들은 공산당에 가입을 해야 하고 SG에 소속이 된다.

그나마 중국은 북한과 달리 수입적인 부분은 보장을 해주었다. 그래서 중국 능력자는 타국으로의 망명이 적은 편이었다.

어쨌든 능력자들이 SG라는 것은 그들이 얻은 마나석들의 소유권이 중국에 있다는 것이었다.

"SG들이 얻은 마나석은 모두 본국의 관리하에 판매되네. 물론 SG들이 몰래 마나석을 따로 파는 경우도 있지만 그것은 전체 유통량에서 미미한 수준이고 그 정도 뒷주머니는 당에서도 눈감아주는 편이고."

설명이 길어지는 듯하자 제갈현진이 입을 열었다.

"송구하지만 제가 말을 해도 되겠습니까?"

"그렇게 하거라."

강진의 말에 제갈현진이 작게 고개를 숙였다가 입을 열었다.

"민간 마나 발전소 몇 곳에서 마나 구매량이 줄었습니다. 하지만……."

"그곳에서 판매하는 전기의 양은 변하지 않았거나 늘었다는 것이군요."

자신이 할 말을 하는 김호철을 본 제갈현진이 고개를 끄덕였다.

"그렇습니다. 그래서 SG들이 그곳을 감찰하고 있었습니다."

"감찰?"

"판매하는 전기량이 줄어들지 않았다는 것은 블랙마켓을 통한 마나석 구매라는 것이 저희 쪽 생각입니다.

"블랙마켓이면…… 암거래를 말하는 겁니까?"

"그렇습니다. 한두 개 정도 시장에 유통되는 것은 문제 삼지 않지만 발전소를 돌릴 정도의 마나석의 암거래는…… 사형입니다."

사형이라는 말에 김호철이 침을 삼켰다. 한국에서 사형이라고 말을 하면 그냥 그런가 보다 싶을 것이다. 한국에서는 사형이 떨어져도 실제 사형을 집행하는 경우가 없으니 말이다. 하지만 중국은 아직도 사형 제도가 있고 집행도 꾸준히 하는 것이다. 그러니 느낌이 달랐다.

"그래서 조사를 하고 있다는 것이군요."

"그렇습니다. 하지만 그다지 밝혀진 것이 없어서 난감했는데……. 마나 발전소 효율을 높이는 방법을 게이트 너머 쪽에서 알고 있다면……."

말을 하던 제갈현진에게 강진이 손을 살짝 들었다. 그러자 제갈현진이 하던 말을 멈추고 고개를 숙였다.

"확인된 것은 없다는 것이 일단 우리 쪽 입장이다."

강진의 말에 도원군이 고개를 끄덕였다.

"그렇군."

두 사람의 대화를 듣고 있던 김호철이 도원군에게 말했다.

"그런데 왜 대화를 이렇게 하는 것입니까?"

김호철의 물음에 도원군이 힐끗 그를 보고는 살짝 말했다.

"지금 이 자리에서 나누는 대화로 인해 감사를 받게 되거나 법정에 서야 할 때가 있을 수 있다."

"법정?"

"그때 우리는 추정하는 것을 말했을 뿐 답을 듣거나 하지는 않았다는 답을 할 수 있다. 일종의 말장난이라 할 수 있지만…… 법정에서 '타국에 나라에 해가 될 내용을 발설했습니까?'라는 질문을 받을 경우 피할 수 있게 해주는 말장난이다."

즉, 강진이 물었던 질문에 확인을 해줄 수 없다라는 것은 수긍이다. 하지만 법정에서는 확인을 해주지 않았다라 말을 하면 발설을 한 것이 아니게 된다.

방금 강진과 제갈현진이 말한 마나 발전소 문제도 마찬가지다. 마나 발전소 효율을 높이는 기술을 중국 민간업자들이 게이트 너머 세력에게 얻었는지 확인을 해줄 수 없지만, 그들이 마나석 구매를 줄였는데 전기량은 오히려 늘었다는 말로 돌려서 정보를 준 것이다. 물론 그것 역시 확인된 것이 없다는 말로 벽을 친 것이고 말이다.

도원군의 설명에 김호철이 고개를 끄덕였다.

'역시 정치란 어렵구나.'

김호철이 속으로 중얼거릴 때 강진이 그를 바라보았다.

"블러드 나이트 김호철……."

강진의 말에 김호철이 그를 바라보았다. 그런 김호철을 잠시 보던 강진이 입을 열었다.

"중국에 한번 올 생각 없나?"

갑자기 중국에 올 생각이 없냐는 말에 김호철이 그를 보다가 웃었다.

"관광차 오라는 것은 아닌 것 같아…… 싫습니다."

중국에 가면 분명 귀찮은 일이 생길 것이라는 예감에 김호철은 단호하게 거절을 했다.

"싫다? 한국과 중국 간에 중한 일이라 해도?"

"중한 일이야 중한 분들이 하셔야죠. 저는 그냥 한국에 있는 것이 편합니다."

김호철의 말에 강진이 도원군을 바라보았다. 그 모습에 김호철이 눈을 찡그렸다.

"저는 프리 헌터입니다. 도 국장님의 지시를 받지 않으니 그런 시선을 보내셔도 소용없습니다."

김호철의 말에 도원군이 그를 힐끗 보고는 강진을 바라보았다.

"호철 군은 왜?"

"마나 발전소에 잠입을 해줬으면 하는데……."

강진의 말에 김호철이 눈을 찡그렸다.

'역시 귀찮은 일이었어.'

안 하겠다고 한 것이 정말 다행이었다. 잠입이라니…….

"왜 호철 군을 원하는 거지?"

"내사를 통해서는 민간 마나 발전소에 대해 별다른 것을 알아내지 못했네. 해서 요원을 잠입시켜서 안에서 알아보게 할 생각인데……."

강진이 김호철을 바라보았다.

"블러드 나이트 김호철 군은 유명하기는 하지만 그 데스 나이트 갑옷을 입은 모습이 유명할 뿐 실제 모습은 그다지 알려지지 않았더군."

"하지만 강 국장님은 저를 바로 알아보셨지 않습니까?"

"조사를 했으니 알고 있었을 뿐이다. 어쨌든 블러드 나이트로 변하지 않은 김호철 군을 알아볼 사람은 중국에 많지 않아. 게다가 조사를 하다 발각이 되도 충분히 자리를 피할 힘과 능력이 있지."

점점 자신을 엮으려는 듯한 강진의 말에 김호철이 급히 고개를 저었다.

"전 중국말도 할 줄 모릅니다. 그래서 제가 간다 해도……."

"그것은 상관이 없지. 한국에서 온 기술자라는 식으로 신분을 위장하면 되니까."

강진의 말에 도원군이 고개를 끄덕였다.

"하긴 그렇게 하면 호철이가 중국어를 하지 못해도 상관은 없겠군."

도원군까지 강진의 말에 맞장구를 치자 김호철이 잠시 있다가 입을 열었다.

"하지만 제가 가지 않을 생각이니 아무런 소용이 없습니다."

스윽!

김호철이 도원군과 강진을 보고는 단호하게 말했다.

"안 갑니다."

말과 함께 김호철이 몸을 일으켰다.

"왜 일어나나?"

"더 있다가는 중국이 아니라 북국에 가라고도 할 것 같아서 전 이만 가겠습니다."

"하지만……."

"제가 없어도 이야기는 잘 나누실 것 같습니다. 그럼 갑니다."

김호철은 더는 듣지 않고 문을 열고는 밖으로 나가 버렸다.

그 모습을 보던 강진이 눈을 찡그렸다.

"생각보다…… 버릇이 없군."

강진의 말에 도원군이 그를 바라보았다.

"자기 부려먹으려는 노인들에게 싸여 있으니 짜증도 났겠지. 그러려니 하게."

"흥!"

작게 콧방귀를 뀌는 강진을 보던 도원군이 김호철이 나간 문을 바라보았다.

'대의를 조금만 알아준다면 좋을 것인데…….'

하지만 사람들이 다 자기 같을 수는 없었다. 작게 고개를 저은 도원군이 강진을 바라보았다.

"중국 SG를 투입하기는 어렵다는 거군."

"뛰어난 애들은 대부분 얼굴이 알려져 있으니……. 아니면 블러드 나이트 말고 한국에 쓸 만한 루키 없나?"

강진의 말에 도원군이 잠시 생각을 하다가 고개를 끄덕

였다.

"얼굴이 알려지지 않았으면서 강한 자를 원하는 거군."

"그렇지. 그런 신인이 있나?"

강진의 물음에 도원군이 입맛을 다셨다.

"생각나는 아이가 둘이 있기는 한데……."

"있나?"

"그게…… 신의 교단이라고 들어봤겠지?"

도원군의 말에 강진이 고개를 갸웃거렸다.

"얼마 전 일본에서 몰살된 사교도 아닌가?"

"그럼 신의 아이라는 자들에 대해서도 알겠군."

"알고 있네."

타국에서 벌어진 일이지만 능력자 세계의 일이기에 중국 SG들도 그에 대한 정보를 모았던 것이다.

"신의 아이 중 둘이 한국 SG에 있네."

"신의 아이 둘이?"

고개를 끄덕이는 도원군을 보던 강진이 제갈현진을 향해 고개를 돌렸다.

"어떻게 생각하느냐?"

강진의 물음에 제갈현진이 잠시 생각을 하다가 말했다.

"저희 조사 내용에 따르면 신의 아이들은 각각 그 능력에 특징이 있고 강합니다."

"강하다면 어느 수준이라 생각하느냐?"

"A급 능력자로 분류해도 충분할 것이라 생각됩니다."

"A급이라……."

A급. 말 그대로 혼자서 A급 몬스터를 상대할 수 있는 능력자를 말한다.

잠시 신의 아이들에 대해 생각을 하던 강진이 도원군을 바라보았다.

"능력은 괜찮지만……. 믿을 수 있는 아이들인가? 이번 일에 개입이 되면 게이트 너머에 대해 알게 될 수도 있네. 게다가 신의 아이들은 게이트를 신봉하던 집단의 아이들이 아닌가."

강진의 말에 도원군이 입맛을 다셨다.

"두 아이 중 한 아이는 심성도 나쁘지 않고 일을 맡겨도 괜찮다 생각하네. 게다가 게이트를 신봉하는 것 같지도 않고."

"그럼 다른 한 아이가 문제인가?"

"그게…… 그렇네."

"자네가 믿을 수 없다면 나 역시 믿을 수 없으니 일을 맡기는 것은 어렵겠군."

그러고는 잠시 생각을 하던 강진이 고개를 끄덕였다.

"어찌 되었건 마나 발전소 일은 조용히 처리해야 할 것 같군."

"그렇게 하게. 혹시라도 우리 우려대로 마나 발전소에 함정이 있고 그것을 우리가 알았다는 것을 알면 흔적을 없애기 위해 폭파시킬 수도 있네."

도원군의 말에 강진이 고개를 끄덕였다.

민간 마나 발전소 수색?

쉽다. 지금이라도 가서 마나 발전소를 멈추게 하고 마나석에서 전력을 생산하는 마법진을 조사하고 회사 관계자들을 모두 잡아들이면 될 일이다.

증거도 없이 그런 일을 할 수 있냐고?

다른 나라라면 모를까 중국 SG 강진이라면 할 수 있다.

어쨌든 그렇게 하지 않고 김호철을 은밀히 투입하려고 한 이유가 바로 그도 도원군과 같은 생각을 했기 때문이었다.

"타초경사의 우를 범할 생각은 나도 없네. 어쨌든…… 게이트 너머에서 온 자들과 뭔가 일이 더 있다면 이야기해 주게."

"그러겠네."

도원군과 악수를 한 강진이 백진과도 작별 인사를 하고는 제갈현진을 향해 말했다.

"돌아간다."

강진의 말에 제갈현진이 고개를 끄덕이고는 주머니에서 부적을 몇 장 꺼내 바닥에 늘어놓았다. 그러고는 어딘가로 전화를 걸어 뭐라고 이야기하자, 잠시 후 바닥에 놓인 부적에서 희미한 빛이 흘러나오기 시작했다.

화아악!

그리고 그 빛에 휩싸인 강진과 제갈현진이 사라졌다.

8장
이세계의 변화

"뭐?! 강진!"

택시를 타고 수정 카페로 돌아온 김호철은 협회장실에서 있었던 일을 이야기하다가 고윤희의 고함에 놀라 그녀를 바라보았다.

"놀래라."

김호철이 놀라든 말든 고윤희가 그의 어깨를 잡았다.

"호철이 네가 마황 강진을 만났어?"

자신의 어깨를 앞뒤로 흔드는 고윤희의 모습에 김호철이 당황스러운 얼굴로 그녀를 바라보았다.

"왜, 아는 사람이야?"

"나는 알지만 그 사람은 나를 모르지. 강진…… 강진이라니…….”

부들부들 몸을 떨며 강진의 이름을 중얼거리는 고윤희의 모습에 고개를 갸웃거린 김호철이 물었다.

“무림 최고수라고 하던데 그것 때문에 그래?”

휘익!

최고수라는 말에 고윤희가 그를 휙 하니 바라보았고, 얼마나 빠르게 고개를 돌렸는지 그 머릿결이 김호철의 얼굴을 찰싹 때릴 정도로…….

‘샴푸 뭐 쓰는 거지?’

자신의 얼굴을 때리고 떨어지는 머릿결에서 나는 향에 순간 코를 벌름거렸던 김호철은 자신을 보는 고윤희를 보고는 급히 얼굴을 손으로 쓸었다.

“왜?”

“끄응!”

뭔가 아쉬운 듯 몸을 부들부들 떨던 고윤희가 한숨을 쉬고는 입을 열었다.

“마황 강진……. 중국 무림계, 아니, 전 세계 무인이라 칭해지는 무공을 익힌 이들의 정점에 서 있는 사람이야.”

“대단한 사람이네.”

“대단?”

대단이라는 말에 고윤희가 김호철을 한번 보고는 말했다.

"그…… 무협 소설 봤다고 했지?"

"무협 소설 많이 읽었지."

"무협 소설 보면 천하제일을 논할 때 빠지지 않는 문파들 있지?"

김호철이 고개를 끄덕이자 고윤희가 말을 해보라는 듯 턱짓을 했다.

그 모습에 입맛을 다신 김호철이 손가락을 접으며 말했다.

"일단 구파……. 그중 소림하고 무당파. 아, 윤희가 무당파지."

"그리고."

"흠…… 남궁세가?"

"남궁세가는 가상의 가문이고."

"남궁세가 없어? 소림하고 무당은 있는데?"

"오대세가라는 건 없어. 뭐 잡다 구리한 무가는 남아 있지만 구파처럼 무공이 체계적으로 남아 있는 곳은 없어. 어쨌든 하나 더 있잖아. 천하제일을 논할 때 꼭 나오는 문파."

고윤희의 말에 잠시 생각하던 김호철이 문득 그녀를 바라보았다.

"마교?"

"딩동댕!"

고윤희의 말에 김호철이 놀란 얼굴로 그녀를 바라보았다.

"마교?"

"그래, 마교."

강진에 대해 이야기 하다가 갑자기 마교가 나왔다. 그 말은…….

"설마 강진이 마교 사람이야? 아니, 그 전에 마교가 진짜로 있어?"

"무협 소설에 나오는 대로 막 그런 곳은 아니지만, 마교는 진짜 있지. 명나라 역사에도 백련교라는 이름으로 나오니까. 하지만 지금 중요한 것은 마교의 무공에 무림 무공의 정수가 담겨져 있다는 거지."

"그래?"

"마교는 원나라와 미친 듯이 싸운 종교 집단이야. 주원장도 마교 힘을 빌어서 명을 세웠을 정도니까. 어쨌든 당시 많은 중국의 무림인이 항원 운동을 하기 위해 마교에 가입을 했어. 그리고 그들의 무공이 마교에 고스란히 남았지."

잠시 말을 멈춘 고윤희가 입맛을 다시며 말했다.

"강진은 그 마교의 교주야."

"교주?"

"괜히 별호가 마황인 줄 알아? 크으윽!"

다시 몸을 부들부들 떨던 고윤희가 김호철을 바라보았다.

"강진하고 다시 또 만날 자리 만들 수 없을까?"

"왜?"

"왜기는 왜야. 중원 무학이 절정을 이루던 시기의 무공들이 고스란히 남아 있는 마교야. 그런 마교의 교주인 강진한테 잘 보이면 무공 비급 하나 얻을지도 모르잖아."

고윤희의 말에 김호철이 그녀를 보다가 말했다.

"무당파 제자가 마교 무공 배워도 돼?"

현실에서는 몰라도 무협 소설에서는 무당파와 마교가 극과 극인 원수지간이니 말이다.

"좋아하지는 않겠지만 싫어하지도 않을걸. 내가 강해질수록 돈을 더 많이 벌어올 테니까. 그리고 내가 얻은 무공을 무당파에서 연구할 수도 있고……."

말을 하던 고윤희가 한숨을 쉬었다.

"아! 강진을 나도 만났어야 했는데."

잔뜩 아쉬워하는 고윤희를 보며 김호철은 그녀가 그 자리에 없었던 것이 너무 다행이었다는 생각이 들었다..

만약 고윤희가 그 자리에 있었다면…….

'중국으로 팔려갔겠구나.'

무공 비급 몇 권 준다고 하면 고윤희가 알아서 김호철을 밧줄로 꽁꽁 묶어 매듭까지 나비 모양으로 만들어서 강진에게 넘겼을 것이다.

4

김호철은 수정 카페 인근의 빌라를 올려다보고 있었다. 혜원이 자신의 부하들과 게이트를 다니면서 모은 마나석을 팔아 번 돈으로 산 건물이었다.

"오빠, 어때?"

혜원의 말에 김호철이 입맛을 다시며 그녀를 바라보았다.

"이럴 거면 오빠한테 말하지."

혜원이 말을 했다면 이 건물보다 더 좋은 것으로 구해 주든가 돈을 보태줬을 것이다.

"내 힘으로 하고 싶었어."

말과 함께 혜원이 빌라 안으로 들어갔다. 빌라 안 1층은 한창 공사 중이었다. 그리고 그 인부들 사이에서 혜원의 부하들이 쓰레기를 줍거나 무거운 물건을 나르고 있었다.

"1층에 있던 벽은 다 뚫고 수정 카페처럼 커다란 공간으로 만들 거야."

혜원의 말에 김호철이 주위를 바라보았다.

"카페 차리게?"

"그건 아니지만…… 그래도 사람들이 모여 있으려면 공간이 있어야 할 것 같아서."

혜원의 답에 김호철이 주위를 보다가 한쪽에 있는 수도관을 보고는 말했다.

"이쪽에 부엌을 하나 만들어서 식당처럼 만들면 좋을 것 같은데."

"장사할 생각은 없는데……."

혜원의 말에 김호철이 고개를 저었다.

"장사를 하라는 것이 아니라 네 부하들이나 너나 밥 잘 못 하잖아."

"그야……."

"그렇다고 맨날 음식 시켜 먹을 수 있는 것도 아니고……. 여기다 부엌 만들고 주방 아주머니 두 분 정도 모셔서 식사 부탁하면 되지 않겠어? 같이 모여서 밥도 먹고 이야기도 할 수 있고."

혜원이 생각해 보니 일리가 있었다. 그에 혜원이 주위를 보다가 한 중년인에게 다가갔다.

"임 소장님."

혜원의 부름에 임 소장이 그녀를 바라보았다.

"능력자들이라 그런지 힘이 다들 좋군. 기계 가져다 쓸 일이 없어서 그런가 일정이 빠르게 진행이 돼 좋아."

임 소장의 말에 혜원이 고개를 끄덕이고는 김호철이 가리켰던 방향을 가리켰다.

"저쪽에 부엌을 만들 수 있을까요?"

"부엌?"

부엌이라는 말에 임 소장이 김호철이 서 있는 곳을 보다가 손에 들고 있던 도면을 펼쳤다. 그러고는 가만히 들여다보다가 고개를 끄덕였다.

"가능은 한데……. 싱크대도 설치해야 하고 돈이 조금 더 들 텐데."

임 소장의 말에 김호철이 다가왔다.

"돈은 상관없습니다. 그리고 한 오십 명 정도 밥을 차릴 수 있게 해주십시오."

임 소장이 잠시 생각하다가 고개를 끄덕였다.

"그럼…… 여기서 여기까지 부엌 자리로 하면 될 것 같은데."

임 소장이 손으로 대충 규모를 가리키자 김호철이 고개를 끄덕였다.

"그리고 부엌에 필요한 냉장고와 같은 것들도 소장님이 좀 알아봐 주시겠습니까?"

"거래처들 있으니까. 그건 어렵지 않지. 나중에 냉장고 카탈로그하고 식기 몇 개 가져올 테니까. 그중에 고르면 돼."

도면에 연필로 뭔가를 체크한 임 소장이 임부들을 손짓해 불렀다.

"여기 수도하고 가스 라인 살릴 거니까. 여기 건드리지 말고 여기 바닥 좀 까. 타일 다시 깔아야 하니까."

임소장의 말에 임부들이 부엌이 들어올 자리에 작업을 하기 시작했다.

그 모습을 보던 혜원이 김호철을 데리고 빌라 2층으로 올라갔다.

"혜원이 네 방은 어디야?"

"이쪽이야."

혜원이 2층 한쪽에 있는 방으로 가 문을 열었다. 방 세 개와 거실, 그리고 화장실과 베란다가 있는 빌라는 깔끔했다. 게다가 방에는 가구까지 모두 들어와 있었다. 양문형 냉장고를 본 김호철이 그것을 열었다.

덜컥!

냉장고 안은 텅 비어 있었다.

"뭐라도 채워 넣지 그랬어."

"산 지 얼마 안 됐어. 그리고 이거 윤희 언니가 사 준 거야."

"윤희가?"

"응, 선물이라고 넣어줬어. 그리고 저 티비랑 소파는 마리아 언니가 사 준 거야."

혜원의 말에 김호철이 방을 보다가 물었다.

"천수 형은?"

"천수 오빠는 침대 사 줬어."

"그럼 다른 사람들도 다 사 줬어?"

"응."

혜원의 답에 김호철이 입맛을 다셨다.

"이 사람들이 나한테 말 좀 해주지."

"내가 말하지 말라고 했어."

"그래도……."

작게 혀를 찬 김호철이 창가로 다가가 창문을 흔들어 보았다. 그다음엔 창문을 열어 밖에 있는 방범창을 또 몇 번 흔들어 보고는 김호철이 고개를 저었다.

"이거 속이 강철이 아니라 비었네. 이런 건 지렛대로 흔들면 바로 휘어져서 안 돼. 임 소장님한테 방범창 강철로 된 걸로 바꿔 달라고 해야겠다."

김호철의 말에 혜원이 피식 웃었다.

"오빠, 나 능력자야."

"능력자 집에 도둑 안 들라는 법 있냐?"

"그럼 내가 때려잡지 뭐."

혜원의 말에 김호철이 고개를 저었다.

"요즘은 능력자 중에 도둑질 하는 놈도 많아."

"그럼 능력자가 방범창이 강철이라고 못 들어오겠어?"

"그건…… 쩝! 그래도 해. 그래야 안심이 돼."

"알았어."

웃으며 혜원이 한쪽에 있는 소파를 가리켰다.

"앉자."

혜원의 말에 김호철이 소파에 엉덩이를 붙이고는 주위를 둘러보았다.

"필요한 것 없어?"

김호철의 말에 혜원이 작게 고개를 젓고는 그의 어깨에 머리를 기댔다.

"오빠랑 이렇게 있으니…… 좋다."

혜원의 말에 김호철이 그녀의 머리를 작게 쓰다듬고는 입을 열었다.

"같이 있는 시간도 얼마 안 남았어."

"그게 무슨 말이야?"

"우리 혜원이 좋은 남자 찾아서 시집보내야지."

"후! 시집…… 좋네. 하지만 오빠부터 먼저 가셔야지. 찬물도 위아래가 있는데."

"너 가는 것부터 보고."

"됐거든요."

웃던 혜원이 문득 주머니에서 열쇠 하나를 꺼냈다.

"이거."

"뭐야?"

"내 옆방 열쇠. 오빠 방이야."

"내 방도 있어?"

"그럼 따로 살게?"

혜원의 말에 김호철은 눈물이 날 것 같았다. 평생 찾아 다녔던 여동생…… 혜원이가 자신의 옆에 있고, 그녀가 자신을 위해 방을 마련해 준 것이다.

'그래……. 앞으로는 행복해질 생각만 하자. 나도 결혼하고 혜원이도 결혼하고.'

그런 생각을 하던 김호철이 급히 자리에서 일어났다.

"난 내 방 구경 좀 해야겠다. 쉬고 있어."

그러고는 김호철이 황급히 방 밖으로 걸음을 옮겼다. 결혼이라는 생각을 하자 혜원이가 결혼하는 모습이 떠올랐고, 그 모습을 떠올리자 그렇지 않아도 나올 것 같던 눈물이 흐를 것 같았다. 그래서 황급히 밖으로 나온 것이다.

밖으로 나온 김호철이 눈가를 급히 훔치고는 문에 등을 기댔다.

"후우!"

작게 한숨을 쉬며 잠시 눈가를 손으로 누르고 있던 김호철이 입을 열었다.

"칼."

화아악!

김호철의 부름에 그의 앞에 데스 나이트 칼의 모습이 나타났다. 그런 칼을 잠시 보던 김호철이 미소를 지으며 손을 내밀었다.

"너를 만나게 된 것이…… 내 인생에 가장 큰 행운인 것 같다."

칼이 나타나지 않았다면 김호철은 자신의 자취방에서 데스 나이트의 손에 죽었을 것이다. 그리고 칼이 아니었다면 죽었을 위기가 한두 번이 아니고, 그가 능력을 각성하지도 못했을 것이다.

김호철의 말에 가만히 있던 칼이 공손하게 한쪽 무릎을 구부리며 팔을 가슴에 가져다 댔다.

"칼 폰 루이스."

그런 칼을 보며 김호철이 고개를 끄덕였다.

"고맙다."

김호철과 행복 사무소 사람들은 언제 바빴냐는 듯 한가한 시간을 보내고 있었다. 가끔씩 게이트가 열릴 때 가서 사냥하는 것 외에는 SG가 귀찮게 하는 일도 없었고, 카인이 다시 찾아오지도 않았다.

그러나 오늘은 조금 특별한 날이었다.

혜원의 빌라 앞에는 드럼통을 반으로 자른 것이 여러 개

펼쳐져 있었다. 그 안에는 숯이 이글이글 타오르고 있었고 돼지고기들이 지글지글 익어가고 있었다.

오늘은 혜원이 길드를 만든 것을 기념해서 고기 파티를 하고 있는 것이다.

"역시 마리아 불에 구운 고기는 최고라니까."

박천수가 기름이 잘잘 흐르는 삼겹살을 입에 넣으며 하는 말에 마리아가 한숨을 쉬었다.

"그냥 불에다 올려놓고 먹으세요."

"이런 숯하고 마리아 화력하고 비교할 수 있나."

"제 불이 무슨 고기 먹는 데 쓰라고 있는 건 줄 아세요."

말은 그렇게 하지만 마리아는 박천수 앞에 있는 고기에 손을 올렸다.

화르륵!

마리아의 불길에 고기가 순식간에 익으며 기름이 흘러 떨어졌다. 뒤이어 박천수가 웃으며 고기를 집어 입에 넣기 시작했다.

빌라에서 웨어 울프 두 마리가 커다란 솥을 들고 나왔다. 김호철이 그 뒤를 따라 나오며 소리쳤다.

"육개장 나왔습니다. 드실 분은 알아서 떠 가세요."

말과 함께 웨어 울프가 솥을 내려놓았다. 사람들이 솥에서 육개장을 떠서 갔다. 박천수도 한 그릇 가득 육개장을 떠서 먹고는 고개를 끄덕였다.

"맛 좋네."

박천수의 말에 김호철이 힐끗 빌라 쪽을 바라보았다. 활짝 열려 있는 빌라 문을 통해 음식을 만들고 있는 아주머니 두 분이 보였다.

"솜씨 좋은 분들을 소개해 주셔서 감사합니다."

"감사는 무슨…… 오히려 아주머니들이 고마워하고 있어. 월급도 두둑이 주고 일도 그리 많지 않으니 말이야."

박천수의 말에 김호철이 고개를 끄덕였다.

사실 두 아주머니에게 주는 월급은 오백이다.

열 시에 출근해서 점심 준비하고 쉬다가 네 시에 저녁을 준비한다. 그리고 야식 먹을 사람을 대비해 재료 넣고 볶기만 하면 되는 음식을 준비한다. 그렇게 하고 일곱 시에 퇴근. 토요일에는 출근하지 않고 일요일에는 두 분 중 한 분만 출근해서 간단한 음식을 준비한다.

하는 일에 비해 월급이 높지만 김호철은 돈이 아깝지 않았다. 음식이 정갈하고 맛이 있으니 말이다.

어쨌든 김호철도 육개장을 한 그릇 퍼서 먹으며 빌라를 바라보았다.

빌라의 입구에는 작은 간판이 걸려 있었다.

「가족 사무소」

혜원이가 만든 길드의 이름은 가족 사무소다. 가족처럼 지내자는 의미가 담겨 있는…….

육개장을 먹다가 그런 김호철을 본 박천수가 그릇을 한쪽에 내려놓고는 그의 옆에 섰다.

"어떻게 할 거야?"

"뭐가요?"

"동생이 차린 길드인데…… 들어가서 도와줘야 하는 것 아냐?"

"……."

말이 없는 김호철을 보며 박천수가 말했다.

"신생 길드라 일이 많이 들어오지 않을 거야. 하지만 블러드 나이트 김호철이 있는 길드라면 이야기는 다르지."

박천수의 말에 잠시 있던 김호철이 고개를 저었다.

"행복 사무소를 떠날 생각은 없습니다."

"그래?"

"그리고 혜원이가 제 도움을 바라지 않는 것 같습니다. 자기가 해나가고 싶어 하는 것 같습니다."

"그럴 수도 있지. 도움만 받는 것을 좋아하는 사람은 없으니까."

"자! 오늘은 고기나 드시죠."

김호철의 말에 고개를 끄덕인 박천수가 소주를 들어서는 종이컵에 가득 따라 주었다.

"오늘은 먹고 죽자고."

박천수의 말에 김호철이 웃으며 컵을 받아 단숨에 들이켰다.

"크으윽!"

작은 신음과 함께 소주 한 잔을 단숨에 마신 김호철이 박천수에게 잔을 건넸다.

"박 팀장님."

"좋아 먹자고!"

김호철이 따라 주는 소주를 박천수도 단숨에 마시며 술잔을 나누기 시작했다.

해피 종합 무역상사의 사장실에서는 카인이 예의 한국 중년인의 모습으로 집무를 보고 있었다.

스슥! 스슥!

위장으로 만들어 놓은 무역상사이기는 하지만 실제 하는 업무는 일반 회사와 다르지 않다.

실제로 외국에서 물건을 사 와 한국에서 판매하고, 한국에서 물건을 사서 외국에 판매한다. 위장 사업체이기는 하지만 회사 업무는 나름 성실하게 해나가고 있는 것이다.

똑똑똑!

“들어오게.”

스윽!

문이 열리며 한 노인이 안으로 들어왔다.

“오랜만일세.”

노인의 등장에 카인이 그를 잠시 바라보았다. 처음 보는 노인인데 자신을 보며 반갑게 인사를 하니 말이다.

‘누구지?’

“후! 나네.”

슬쩍 손가락 두 개를 모아 원을 만드는 노인을 보던 카인이 놀라 급히 자리에서 일어났다. 손가락 두 개를 모으는 그 모습에 젊었던 자신의 친구 한 모습이 떠오른 것이다.

“자네, 설마?”

“그래, 나네.”

웃으며 다가오는 노인을 보며 카인이 그에게 다가갔다.

“자비스, 자네가 맞나?”

“고향이 좋기는 한데……. 자네를 보니 젊음이 부럽기도 하군.”

말과 함께 자비스가 소파에 앉자 그 앞에 카인이 앉았다.

"자네가 루펜 왕국으로 소환된 것이 대략 3년 되던가?"

"3년이라……. 아르카디안에서는 28년이네."

"28년이라……. 후! 이제는 친구라 말을 하기도 그렇군."

중년으로 보이는 자신과 달리 자비스의 모습은 나이 지긋한 노년의 모습이니 말이다.

자비스는 카인이 속한 트루실 왕국과 인접해 있고 동맹 관계를 가진 루펜 왕국 사람이었다. 동맹국이라 지구에 와서도 서로 긴밀한 관계를 유지했는데 3년 전 자비스는 본국으로 소환되었다. 그리고 지금 젊었던 자비스는 사라지고 노인이 되어 돌아온 것이다.

자리에 앉은 자비스가 허공에 동그랗게 원을 그리는 시늉을 하고는 그 안에 손을 넣었다.

스윽!

허공에 들어가 사라졌던 자비스의 손에 빠져나왔다. 자비스의 손에는 유리 상자가 담겨져 있었다.

"이건……."

"오리안 지역 최고급 원두네. 필요할 것 같아서 가져왔네."

자비스가 건네는 유리 상자를 받은 카인이 고개를 끄덕였다.

"그렇지 않아도 아침마다 생각이 나던 커피인데……. 고맙군.”

뚜껑을 살짝 열어 원두의 향을 맡은 카인이 그 향을 음미하고는 뚜껑을 닫았다.

달칵!

그러고는 유리 상자를 탁자에 내려놓고는 자비스를 바라보았다.

“자네를 다시 보게 될 줄은 몰랐네.”

“왜, 다시 보니 싫은가?”

“그럴 리가 있겠나. 다만…… 괜찮겠나?”

다시 못 갈 수도 있다. 아니, 다시 갈 수도 있을 것이다. 하지만 돌아갔을 때 그 자리에 자신이 아는 사람이 한 명도 없을 수도 있다. 지구의 1년은 아르카디안의 10년이니 말이다.

카인의 말에 자비스가 작게 고개를 저었다.

“그 이야기는 그만하세. 내 그런 것도 모른 채 다시 이 지구로 온 것은 아니니.”

“조금 긴장이 되는군.”

아르카디안에 갔던 자비스가 돌아왔다. 그 말은 돌아와야 할 정도로 큰일이 지구나 아르카디안에 생겼다는 것이다. 그러니 카인은 조금 걱정이 되는 것이다.

그런 카인을 보며 자비스가 입을 열었다.

“토탄 자유도시 연맹이 무너졌네.”

자비스의 말에 카인이 고개를 끄덕였다.
“그에 대한 이야기는 나도 들었네.”
“들었나?”
“우리도 최소한 열흘에 한 번씩은 본국과 교신을 하니까.”
게이트를 인위적으로 여는 것은 막대한 마나를 소모한다. 하지만 지구의 소식과 왕국의 정보를 받기 위해 게이트를 열흘에 한 번씩 연다. 메모리 장치를 주고받을 수 있을 정도의 아주 작은 크기로 축소를 한 게이트를 말이다.
그리고 그것을 통해 토탄 자유도시 연맹이 무너졌다는 정보를 카인도 보았다.
“그렇군.”
“그런데 설마 토탄 자유도시 연맹이 무너진 것 때문에 이렇게 온 것인가?”
“자네도 알다시피 토탄은 군대를 가지지 않는 대신 주변 왕국들과 불가침 협약이 되어 있는 곳이네.”
“그런 거야 나도 아는 것이니 본론만 이야기해 주게.”
카인의 말에 입맛을 다신 자비스가 고개를 끄덕이고는 말했다.
“토탄이 무너진 일에 지구인이 관여가 된 것 같네.”
자비스의 말에 카인이 눈을 찡그렸다.
“지구인이?”

카인의 물음에 자비스가 고개를 끄덕였다. 그런 자비스를 보던 카인이 입을 열었다.

"어찌 된 일인가? 게이트를 통해 아르카디안으로 간 지구인은 모두 마물의 산맥을 넘어오지 못했을 텐데?"

게이트가 열리는 곳을 마물의 산맥이라 칭한다. 그리고 산맥의 주위에는 아르카디안 대륙 국가들에서 파견한 군인들과 기사들이 지킨다. 그리고 그들을 '강철의 군대'라 부른다. 국가와 이해관계를 떠나 마물의 산맥의 몬스터들을 막아내는 자들이 바로 강철의 군대인 것이다.

그런 강철의 군대가 마물의 산맥을 지키고 있는데 지구인이 그들을 피해 어떻게 토탄으로 갔다는 말인가?

"그건 모르네. 하지만…… 토탄이 무너진 일에 지구인이 관여되어 있는 흔적들이 발견이 되었네."

"흔적이라……. 그래서 자네가 직접 지구로 온 건가?"

"지구에 대해 잘 아는 사람이 바로 나니까."

자비스의 말에 잠시 있던 카인이 고개를 저었다.

"흠…… 그렇다면 자네가 온 것이 실수 아닌가? 지구에 대해 아는 자네가 그곳에 남아서 조사를 했어야 했네."

"나도 그리 생각을 하였는데…… 전하의 생각은 다른 듯하더군. 지구의 정보를 더 중요하다 생각하시는 모양이야."

"오르펜하우스 전하께서 그런 생각을?"

카인의 말에 자비스가 웃으며 고개를 저었다.

“오르펜하우스 전하께서는 5년 전에 붕어하셨네. 지금은 루시우스 전하께서 통치를 하시네.”

“아…… 그렇군.”

아르카디안에서 5년이면 지구에서 대충 5개월이다.

어쨌든 오르펜하우스가 죽었다는 말에 카인이 자비스를 바라보았다.

“루시우스 전하께서 그런 선택을 하셨다면…….”

“멍청한 것이지.”

자비스의 말에 카인이 피식 웃었다.

맞는 말이다. 지구인에 대해 잘 아는 자비스를 지구로 보낸 것은 멍청한 짓이다. 자비스를 아르카디안에 두고 지구인을 추적하는 것이 더 나았다.

하지만 그 사실을 자비스가 직접 자기 입으로 말을 하는 것이 웃겼다. 자신이 모시는 왕을 멍청하다 하는 것이니 말이다. 아르카디안에서는 있을 수 없는 일이다.

잠시 자비스를 보던 카인이 고개를 젓고는 팔짱을 꼈다.

“그래서…… 나를 찾아온 이유가 뭔가?”

카인의 물음에 자비스가 고개를 저었다.

“내가 자네를 찾아온 것은 대비를 하라는 것일세.”

“대비?”

"지구인들이 강철의 군대를 뚫고 살아남아 아르카디안 대륙으로 들어왔네. 그 말은……."

"아르카다안인 중 일부가 지구인들을 도왔다는 말이겠지."

카인의 답에 자비스가 고개를 끄덕였다.

"맞네."

"흠……."

잠시 생각을 하던 카인이 입을 열었다.

"지구와 협력을 한 나라가 토탄을 무너뜨렸다는 말인가? 증거는 있나?"

"토탄의 도시 중 한 곳에서 대량의 C4가 발견이 되었네."

"C4?"

"설치를 하면 도시 하나 정도는 그대로 박살이 날 양이더군."

"그만한 양을 어떻게?"

"어떻게든 옮겼으니 있는 것이겠지. 하지만 문제는 그것이 아니네."

잠시 말을 멈추고 카인을 보던 자비스가 입을 열었다.

"그와 비슷한 창고 두 개를 더 발견을 했는데……."

"많이도 가져갔군."

"문제는…… 그 두 창고가 비어 있다는 것이네."

"비어 있다? 설마? 대비를 하라는 말이?"

뭔가를 느낀 듯 카인의 얼굴이 굳어지자 자비스가 고개를 끄덕였다.

"내가 조사를 한 바에 의하면 그중 일부가 트루실 왕국으로 반입이 된 것 같네."

자비스의 말에 카인의 굳어졌던 얼굴이 일그러졌다.

"본국에 C4가?"

어떤 자들이 C4를 트루실 왕국에 반입했는지 모르지만 그 목적은 명확했다. C4가 할 수 있는 일은 단 하나, 폭파뿐이니 말이다.

굳은 얼굴로 있던 카인이 자비스를 바라보았다.

"그 이야기 본국은 알고 있나?"

"본국과 트루실 왕국은 삼백 년이 넘는 혈맹 관계인데 알리지 않았겠나."

"알렸다는 것인가, 아니면 알렸을 것이라는 것인가?"

확실히 말을 하라는 카인을 보며 자비스가 웃었다.

"후! 당연히 알렸네. 그리고 너무 걱정하지 말게. 내가 이곳에 온 지 하루가 지났네. 이곳의 하루는 아르카디안에서는 열흘이니……. 일이 벌어졌다면 벌써 벌어졌을 것이네."

자비스의 말에 카인의 얼굴에 조금은 안도감이 떠올랐다.

자비스의 말대로 그가 지구에 온 지 하루만 되도 아르카디안은 열흘의 시간이 흐른다.

열흘이라면 일이 벌어져도 이상할 것이 없는 시간…….
'일이 있었다면…… 연락이 왔을 것이다. 무소식이 희소식이라 생각을 하자.'
하지만 알아는 봐야 했다. 카인이 그런 생각을 할 때 자비스가 몸을 일으켰다.
"그럼 볼일 보게나."
"자네는?"
"나도 이제 일보러 가야지. 한국에 놀러온 것만은 아니니."
"일? 나를 보러온 것이 아니었나?"
카인의 물음에 자비스가 고개를 저었다.
"자네를 보러온 것도 있지만…… 이것에 대해 알아보러 온 것이 크지."
말과 함께 자비스가 허공에 손을 집어넣었다.
스으윽!
허공에 스며들 듯이 사라진 손, 잠시 후 그 손에 회색의 기다란 바가 들려있었다.
"C4?"
자비스가 바를 돌려 한쪽을 보여주었다.

〈교재용 C4〉

C4 한쪽 면에는 한글로 교재용이라는 글이 적혀 있었다.

"이건?

"한국군이 C4 연습을 할 때 사용하는 교재용이네. 겉모양만 C4고 안에 폭탄은 없지."

"설마? 아르카디안에 들어간 C4가 한국의 것이란 건가?"

"그건 모르겠네. 우리가 찾은 것 중에 영어나 중국어로 된 것도 몇 개 있었거든."

"흠…… 아르카디안 사람들의 교육을 위해 보냈다는 거군."

"C4가 다루기 그리 어려운 물건은 아니지만, 잘못 다루면 위험한 물건이니 이런 교보재도 필요하기는 하지."

C4는 다루기 그리 어렵지 않은 폭탄이다. C4에 기폭제를 넣고 전기식이든 폭약식이든 타격만 주면 바로 폭발하니 말이다.

하지만 한 번도 사용해 보지 못한 사람이 다룰 물건은 아니다. 한 번 실수하면 그것으로 끝이니 말이다.

"어떻게 조사를 할 생각인가?"

"한국은 아직 아르카디안의 어떤 나라와도 연합을 하지 않았으니, 이 C4는 군에서 몰래 빼돌려진 물건들일 걸세."

자비스의 말에 카인은 자신과 한국 간의 관계를 말하지 않았다. 아직은 확실히 동맹을 맺은 관계도 아니었고, 이 일은 국익과 관련이 된 일……. 자신이 함부로 오픈을 할 일이 아니었다.

"그래서?"

"돈으로 구해보려 하네."

"거기서부터 타고 올라갈 생각이군."

"그럴 생각이네."

"나와 같이 움직이세."

"자네와?"

"본국으로 C4가 옮겨졌다면 이 일은 우리와도 무관하지 않네. 그리고…… 이걸 예상을 하고 나를 찾아온 것이 아닌가?"

"후! 역시 눈치를 챘군."

작게 웃음을 터뜨린 자비스가 카인을 보며 말했다.

"3일 안에는 조사를 끝내고 돌아가야 하니 시간이 촉박하네."

"3일? 고작 3일 있는 건가?"

"후! 여기서 3일이라도 고향은 한 달이네. 한 달 동안 무슨 일이 벌어질지 모르니 어서 조사하고 돌아가야지."

"나는 또 여기서 뼈를 묻는 건가 했더니만……."

"그럴 수야 있나. 이래 보여도 루펜 왕국의 왕궁 마법사가 바로 나인데."

"3일 있을 거면서 무슨 무게를 그리 잡나?"

아까 이야기했을 때는 나라의 명이니 어쩔 수 있냐는 듯 잔뜩 무게를 잡았는데 고작 3일인 것이다.

"애첩과 3일이나 떨어져 있을 생각을 하니…… 하루가 10년 같으이."

"쯧! 여자 좋아하는 그 버릇은 그 나이가 되도 떨어지지 않는 모양이군."

"후! 이 좋은 버릇을 왜 버리겠나? 자, 일어나세. 3일 안에 성과를 얻으려면 지금부터 부지런히 움직여야 해."

자비스의 말에 카인이 몸을 일으켰다.

9장
수정 카페, 이계로 넘어가다

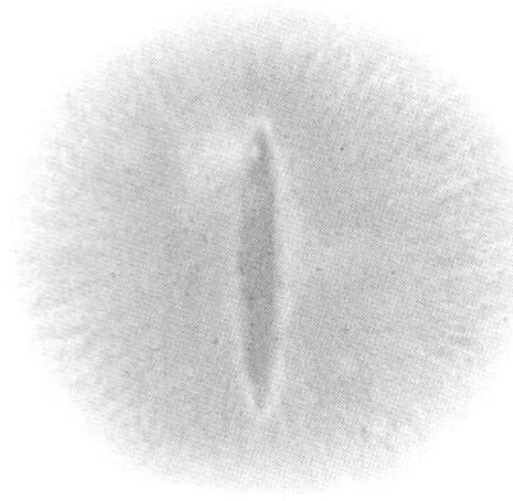

김호철은 자신의 방에서 커다란 마나석 하나를 보고 있었다. 희미한 빛을 뿜어내고 있는 마나석은 바로 와이번의 마나석이었다.

김호철은 와이번이 필요하다는 생각이 들어 마나석을 구했다. 비행형 몬스터인 가고일이 있기는 하지만 와이번이 있으면 동료들도 함께 날아다닐 수 있겠다는 생각에 말이다.

와이번의 등이 넓고 그 위에 뼈 같은 것이나 뿔 같은 것이 있어 사람 열 명이 타도 충분한 공간이 나오는 것이다.

20억이라는 거금을 주고 구매를 하기는 했지만 그만한 가치는 있을 것이다.

'최소한 비행 몬스터를 놓치는 일은 없겠지.'

와이번의 등에 원거리 공격이 가능한 나가를 태우고, 가고일이 그 주위를 비행한다. 그렇게 하면 공격력도 더 배가 될 것이다. 마치 항공모함이 하늘을 날아다니는 것처럼 말이다.

'본전은 나오겠지.'

속으로 중얼거린 김호철이 와이번의 마나석을 옆에 놓인 통에 넣었다. 이미 식초로 세척을 해놓은 상태였기에 이제 여기에 꿀만 섞으면 된다.

꿀이 든 패트를 집어 마나석 위에 쥐어짰다.

주루룩! 주루룩!

진득한 꿀이 마나석을 타고 흘러내리기 시작하더니 곧 부글부글 끓어오르기 시작했다. 그리고 천천히 녹기 시작하는 마나석…….

손가락으로 마나석을 이리저리 굴리며 녹이자 곧 통 안에는 진득한 마나 꿀물이 완성이 되었다.

"자! 먹자."

통을 든 김호철이 잠시 숨을 고르고는 단숨에 마나 꿀물을 마시기 시작했다.

꿀꺽! 꿀꺽!

연신 마나 꿀물을 목 안으로 들이켜는 김호철은 몸에 활력이 돋는 것이 느껴졌다. 와이번의 마나석에 담겨져 있는 마나가 김호철의 몸에 흡수되며 기운이 나는 것이다.

마지막 마나 꿀물까지 손가락으로 싹싹 긁어 먹은 김호철이 입맛을 다셨다. 입에는 단 꿀물의 단맛이 가득 차 있었다.

"이러다 당뇨 걸리는 거 아닌지 모르겠네."

작게 중얼거린 김호철이 자신의 방 침대에 앉았다.

'어디 보자.'

침대에 앉은 김호철이 눈을 감고 정신을 집중했다.

화아악!

김호철의 정신은 곧 그의 몬스터 방에 들어설 수 있었다.

몬스터 방에 눈을 뜬 김호철이 주위를 둘러보았다. 어둠 속에 가려진 공간에는 그의 몬스터들이 자리를 하고 있었다.

별다른 행동 없이 그저 가만히 서 있는 몬스터들을 보며 김호철이 힐끗 한쪽을 바라보았다. 그 자리에는 오거가 서 있었다.

"크르릉! 크르릉!"

낮은 울음을 토하며 서 있는 오거를 가만히 올려다보던 김호철이 입맛을 다셨다.

"너도 내 말 좀 들으면 바깥세상도 자주 보고 답답하지 않을 텐데."

자신의 말을 알아듣는지 모르는지 그저 가만히 서 있는 오거를 보며 고개를 저은 김호철이 어둠을 바라보았다.

"시작해 보자."

작게 중얼거린 김호철이 어둠을 주시하며 정신을 집중했다.

'와이번의 눈부터 시작을 하자.'

와이번의 커다란 눈을 떠올리며 정신 집중을 시작했다.

그렇게 얼마를 집중했을까…….

와이번의 눈이 천천히 형상을 갖춰가기 시작했다.

'와이번…….'

눈이 만들어지자 그다음은 순식간이었다.

화아악! 화아악!

어두운 공간에 거대한 양 날개를 활짝 펼치고 있는 와이번을 보며 김호철이 미소를 지었다.

"그래, 역시 있었구나."

와이번을 보며 흐뭇한 미소를 짓던 김호철이 그 몸을 툭툭 손바닥으로 쳤다.

"너는 오거처럼 말 안 들으면 안 된다. 말 안 들으면 당장 때려죽일 테니까."

와이번에게 작게 중얼거린 김호철이 눈을 감았다. 이제 현실로 돌아가야 할 때였다.

간단하게 와이번을 몬스터 방에 만들어 놓은 김호철이 몸을 일으켰다.

'와이번 실험을 어디서 한다?'

오거는 자신의 말을 듣지 않고 혼자서 발광을 했다. 혹시라도 와이번이 오거처럼 자신의 말을 듣지 않고 날뛴다면 사람이 사는 도시에서는 소환할 수 없다.

"역시 지하 훈련장밖에 없나?"

지금 김호철은 혜원의 길드가 있는 빌라에서 생활을 하고 있었다. 그렇다고 행복 사무소를 나온 것은 아니지만, 그곳에 살던 때와는 달리 매일 그들과 함께하지는 못하고 있는 것이다. 비록 그것이 5분이라는 짧은 거리에 불과하지만 말이다.

"케이크라도 하나 사 가지고 가야겠다."

작게 중얼거린 김호철이 문을 나와 1층으로 내려왔다.

1층에는 혜원이와 그 부하들이 옹기종기 모여 무언가를 하고 있었다. 그들은 노란 종이에 붉은 글씨와 그림을 그리며 부적을 만들고 있었다.

그 부적을 보던 김호철이 한 장을 집어 들었다.

"부적이 정말 효과가 있어?"

김호철의 말에 혜원이 고개를 끄덕였다.

"그럼. 우리가 괜히 만들겠어?"

웃으며 김호철을 본 혜원이 주머니에서 작은 봉투를 꺼내 내밀었다.

"그렇지 않아도 오빠 하나 주려고 만들었어."

"뭔데?"

"부적이야. 아프지 말고 하는 일 잘되라는 만사형통의 기원이 담겨져 있는 부적이니까 지갑에 넣어두고 언제나 가까이 하세요."

혜원의 말에 김호철이 봉투를 보다가 피식 웃었다.

"난 부적 안 믿는데……."

"안 믿어도 이 동생을 믿고 가지고 다니세요."

혜원의 말에 김호철이 고개를 끄덕였다. 맞는 말이다. 혜원이가 자기 생각을 해서 만들어주는 것인데 가지고 다니면 좋을 것이다.

김호철이 지갑에 봉투를 넣는 것을 보며 혜원이 말했다.

"그리고 그 부적은 내 부적과 쌍둥이 부적이야."

"부적도 쌍둥이라는 것이 있어?"

"응, 손바닥 위에 부적을 올려놓고 마나를 주입하면 부적이 제가 있는 방향을 가리킬 거야."

"아! 그럼 좋은 거네."

부적이 혜원이가 있는 방향을 가리킨다면 그것은 좋았다. 혜원이와 다시 헤어지는 것은 싫으니 말이다. 부적을 지갑 속에 잘 챙겨 넣은 김호철이 말했다.

"수정에 갔다 올게."

"알았어."

손을 흔드는 혜원을 보며 김호철이 웃고는 문을 나섰다.

문을 나온 김호철은 뒷짐을 지고는 천천히 수정 카페가 있는 곳으로 걸음을 옮겼다.

김호철은 수정 카페로 가는 길에서 박천수를 만났다. 박천수는 양손에 검은 봉지를 하나 가득 들고 있었다.

"어디 갔다 오시는 겁니까?"

"좋은 담뱃잎이 나왔다고 해서 좀 사가지고 오는 길이야."

웃으며 검은 봉지를 들어 보인 박천수가 말했다.

"가족 사무소는 좀 어때? 의뢰 좀 들어와?"

"아직은 없습니다. 하지만 의뢰가 없어도 게이트 사냥을 통해 수익은 있으니…… 괜찮습니다."

김호철의 말에 고개를 끄덕인 박천수가 말했다.

"혜원이 부하들이 결계 능력이 뛰어나니 보안 쪽 의뢰를 받으면 일이 좀 될 것 같은데."

"혜원이한테 말해두겠습니다."

"그렇게 해."

그렇게 이야기를 나누며 걸어가자 수정 카페가 보이기 시작했다.

그리고…….

화아악!

갑자기 김호철의 옆에 데스 나이트 두 기가 모습을 드러냈다.

"어?"

갑자기 데스 나이트가 나타나는 것에 김호철이 의아해하며 급히 주위를 둘러보았다. 명령도 없이 데스 나이트가 나왔다는 것은 김호철이 감지하지 못한 위험이 있다는 것이었다.

급히 뒤를 살피던 김호철의 눈에 섬광이 보였다.

번쩍!

뒤에서부터 뿜어진 섬광에 김호철이 다시 뒤를 돌아보았다. 그리고…….

김호철의 얼굴이 굳어졌다.

"어?"

방금 전까지 그의 눈에 보이던 수정 카페가 보이지 않았다.

툭! 툭!

들고 있던 봉지를 그대로 떨어뜨린 박천수가 멍하니 수정 카페가 있던 자리를 바라보았다.

"이게 뭐야?"

박천수와 함께 김호철도 멍하니 사라진 수정 카페가 있던 자리를 바라보았다.

'대체 이게 무슨?'

김호철과 박천수는 굳은 얼굴로 수정 카페가 사라진 곳에서 있었다.

"대체 이게 무슨?"

박천수가 상황을 파악하지 못하고 주위를 둘러보는 것에 김호철도 멍하니 주위를 살폈다.

수정 카페가 사라진 곳은 동그랗게 땅이 파여 있었다. 그 덕에 주위 건물 몇 채도 부분적으로 사라져 있었다. 건물 사람들이 놀라 나와 소리를 질렀다.

"아저씨! 이게 무슨 일이에요!"

"이 건물 어떻게 할 거예요!"

"아! 진짜. 이게 무슨 일이래?"

사람들이 소리를 질렀지만 그 소리는 김호철이나 박천수에게 들리지 않았다. 지금 그들에게 중요한 것은 수정 카페가 사라졌고, 카페에 있던 동료들도 사라졌다는 것이었다.

하지만…… 시끄러웠다. 그렇지 않아도 정신이 없는데 사람들이 지르는 소리는 너무나…… 정신이 없었다.

"시끄러!"

버럭 고함을 지른 김호철의 몸에서 뇌전이 뿜어졌다.

파지직! 파지직!

"크아앙!"

"으아앙!"

김호철의 몸에서 뿜어진 뇌전이 몬스터로 변하며 주위에 퍼져 나갔다. 몬스터들이 흉폭한 눈빛을 흘리며 건물이 사라진 주위를 감싸자 항의를 하던 사람들이 주춤거리며 뒤로 물러났다.

그 모습을 보며 김호철이 소리쳤다.

“피해를 입은 분들한테 아무런 손해 없도록 보상해 줄 테니! 그만 들어가세요.”

블러드 나이트 김호철이 보상을 해준다고 하는데 소란을 피울 이유는 없었다. 전에도 여기서 싸움이 나 건물에 피해가 생겼을 때 행복 사무소 사람들이 일일이 찾아와 보상을 해줬던 것이다.

김호철의 말에 사람들이 서로를 한 번 보고는 천천히 흩어지기 시작했다.

김호철이 박천수를 향해 고개를 돌렸다. 하지만 박천수는 보이지 않았다.

“박 팀장님! 박 팀장님!”

혹시 그도 사라졌나 싶어 고함을 지르자 잠시 후 땅 밑에서 박천수의 고개가 쏘옥 나왔다.

“휴!”

안도의 한숨을 쉬며 박천수의 머리가 나온 곳을 보니 지하 훈련장으로 통하는 계단이었다. 워낙 깊은 곳에 위치한 훈련장이라 그곳은 일이 생기지 않은 모양이었다.

"누구 있습니까?"

지하 훈련장은 박천만이나 고윤희가 자주 가는 곳이다.

혹시라도 밑에서 훈련을 하고 있었다면…….

'제발…….'

하지만 박천수는 굳은 얼굴로 고개를 저었다.

"아무도 없다."

박천수의 말에 김호철의 얼굴이 굳어졌다.

"초아도 응답하지 않아."

"초아도?"

"초아를 이루는 마법진은 마리아의 방에 위치해 있으니……."

굳은 얼굴로 주위를 둘러볼 때 혜원이가 부하들과 함께 뛰어왔다.

"오빠!"

"혜원아."

"갑자기 거대한 마나가 느껴져서 왔는데…… 이게 무슨 일이야?"

혜원이 놀란 얼굴로 주위를 보자 김호철이 고개를 저었다.

"모르겠어. 갑자기 섬광과 함께 건물이 사라졌어."

"사람들은?"

혜원의 물음에 김호철이 고개를 저었다. 그 모습에 혜원이 소리쳤다.

"코지로, 주위에 결계를 쳐서 이상한 것이 있는지 찾으세요."

혜원의 외침에 코지로가 결계사들을 데리고 주위로 흩어졌다. 그리고 건물이 사라진 곳에 둥글게 모여 선 이들이 부적을 꺼내 주문을 외우기 시작했다.

화아악!

곧 그들의 몸에서 희미한 빛이 흘러나오며 서로에게 연결이 되기 시작했다.

그 모습을 보던 김호철이 혜원을 바라보았다.

"뭘 찾는 거야? 짐작 가는 거라도 있어?"

김호철의 말에 혜원이 고개를 끄덕였다.

"이 흔적…… 눈에 익지 않아?"

혜원의 말에 김호철과 박천수가 주위를 둘러보았다. 그리고…….

"게이트?"

박천수의 중얼거림에 김호철이 그를 바라보았다.

"게이트요?"

김호철의 말에 혜원이 그를 바라보았다.

"게이트가 열리면 그 자리에 있던 것이 그대로 사라지죠. 여기 단면을 보세요. 마치 칼로 베어낸 것 같잖아요."

혜원이 지하 훈련장으로 향하는 계단을 가리키며 하는 말에 김호철이 고개를 저었다.

“하지만 어떻게 여기에 게이트가? 아무런 느낌도 받지 못했는데.”

게이트가 열리는 것은 마나가 모이는 현상이 관측되고 하루가 걸린다. 그런데 지금 김호철은 마나가 모이는 느낌을 전혀 받지 못한 것이다.

김호철의 말에 박천수가 입술을 깨물었다.

“어떤 놈이 수작을 부렸다면…… 가능한 일이지.”

“인위적? 설마…… 신의 교단?”

인위적으로 게이트를 열었다는 것에 김호철은 3번이 떠올랐다.

‘그러고 보니 3번이 게이트를 열 때 누구도 눈치채지 못했다고 했다. 갑자기 열린 게이트에 일본의 삼도 무사시도 속절없이 빨려 들어갔다 했고.’

그렇다면 자신이 눈치채지도 못한 사이에 게이트가 열릴 수도 있다.

박천수가 고개를 저었다.

“3번은 너한테 죽었다. 그리고 게이트를 열 수 있는 것은 3번과 신의 교단뿐이 아니지. 카인 놈도 게이트를 열 수 있다고 했잖아.”

"하지만 그자가 왜 사무소를?"

"카인이 아니라 다른 게이트 너머 놈들일 수도 있어. 일단 전화해서 당장 튀어 오라고 해."

잔뜩 굳어진 박천수의 말에 김호철은 더 말하지 않고 핸드폰을 꺼내 카인에게 전화를 걸었다.

그사이 코지로가 급히 혜원에게 다가왔다. 그리고 뭐라 귓속말을 하자 혜원이 김호철을 바라보았다. 그 시선에 김호철이 전화를 끊었다.

"뭐 찾았어?"

"게이트 너머가 아니에요……. 이건…… 신의 교단 짓이에요."

"신의 교단?"

김호철의 물음에 혜원이 부하 한 명이 서 있는 곳으로 걸어갔다.

"이곳입니다."

부하 한 명이 가리킨 곳은 게이트 흔적이 있는 곳과 10m 정도 떨어져 있었다. 그곳에는 소방수라 쓰여 있는 파란색의 커다란 물통이 있었다. 그 물통을 본 김호철이 혜원과 사람들에게 뒤로 물러나라고 말한 뒤 웨어 울프를 불렀다.

"웨어 울프!"

건물이 사라진 곳 라인을 지키고 있던 웨어 울프가 다가오자 김호철이 말했다.

“뚜껑 열어.”

김호철의 말에 웨어 울프가 물통의 뚜껑을 열었다.

덜컥!

혹시라도 터질까 싶었지만 폭발물은 설치돼 있지 않은 모양이었다.

김호철이 물통에 다가가 안을 보았다. 물통 안에는 회색의 이상한 액체가 가득 들어 있었다.

“마정액…….”

혜원의 말에 김호철이 그녀를 바라보았다.

“아는 액체야?”

“신의 교단에서 마나의 기운을 감출 때 사용하는 거예요. 마정액에 마나석을 담그면 주위에 마나의 기운이 감지되지 않죠.”

“납과 같은 건가?”

박천수의 중얼거림에 혜원이 고개를 끄덕였다. 납도 마나의 기운을 감출 수 있다.

“납은 무겁지만 이건 물과 비슷해 보여서 출입국 검사대를 통과하기 쉽죠. 저희 교단에서 마나석을 밀거래할 때 사용하던 것이에요.”

말과 함께 혜원이 발로 물통을 밀었다.

쏴아악!

물통이 넘어지며 마정액이 바닥으로 쏟아졌다.

"뒤집으세요."

혜원의 말에 코지로가 물통을 들어 뒤집었다.

툭! 툭!

물통에서 회색의 돌이 몇 개 떨어졌다. 사람 머리만 한 것에서부터 주먹만 한 것까지…… 우르르 쏟아지는 돌을 본 혜원이 발로 그것을 밟았다.

파삭!

그대로 가루가 되어 부서지는 돌…….

부서지는 돌의 모습, 아니, 조각들은 김호철에게 익숙한 것이었다.

"마나가 고갈된 마나석이다."

"맞아요. 이런 것이 수정 카페 인근에서 네 개가 더 발견이 되었어요. 아마도 이 마나석들을 이용해 오상음양술, 즉 오망성을 펼친 것 같아요."

혜원의 설명에 박천수가 굳어진 얼굴로 땅에 떨어져 있는 마나석을 주워 들었다.

"이 정도 크기면 A급은 될 것 같은데……."

잠시 손에 쥔 마나석과 바닥에 흩어져 있는 마나석을 보던 박천수가 작게 웃었다.

"어떤 놈인지…… 원한이 참 큰 모양이네. 여기에 있는 것만 해도 못해도 60억은 될 것 같고, 이런 것이 네 개 더……. 그럼 300억인가? 후후후! 300억이면 그냥 암살자를 고용하지……."

작게 말을 하는 박천수였지만 그 목소리에는 분노가 차 있었다.

으드득!

파직!

박천수의 손에서 마나가 고갈이 된 마나석이 그대로 으스러지며 흩어졌다.

툭툭툭!

박살이 나 떨어지는 마나석을 보던 김호철이 혜원을 바라보았다.

"신의 아이 중 한 명이 살아서 도망을 갔다고 했어. 그놈인가?"

"아마 그럴 거예요."

"근데 나와 너를 직접 노리지 않고 수정 카페를 왜?"

김호철의 물음에 박천수가 혜원을 바라보았다. 그 역시 이것이 궁금한 것이다. 그런 두 사람의 시선에 입술을 살짝 깨문 혜원이 입을 열었다.

"아마……."

"아마?"

"자신에게 동료들을 모두 빼앗은 것에 대한 복수인 것 같아요. 오빠의 소중한 것을 뺏는 것으로……."

"그래서 내 동료들을 노렸다?"

혜원의 말에 김호철이 입술을 깨물었다. 하지만 그것도 잠시 박천수를 향해 고개를 숙였다.

"천수 형님."

김호철의 부름에 박천수가 그를 올려다보았다.

"어떻게 하겠습니까?"

김호철의 물음에 박천수가 잠시 그를 보다가 몸을 일으켰다.

"행복 사무소……. 내 집이고 내 가족들이다. 찾으러 가야지."

박천수의 말에 김호철이 그를 보다가 고개를 끄덕였다.

"저에게도 집이고…… 제 가족입니다."

그러고는 혜원을 향해 고개를 돌렸다.

"넌 사람들과 함께 능력자 협회에 가 있어. 백진 협회장님한테 신의 아이 한 놈이 나타났다 말하고 잡아 죽이라고 해."

"오빠는?"

"난 게이트를 찾아간다."

김호철의 말에 혜원이 그를 보다가 말했다.

"그곳과 지구는 시간 차이가 열 배라고 했는데……."

"그래서 지금 가야 하는 거야. 여기서 하루가 그쪽에서는 10일. 지금 흐르고 있는 1분도 그들에게는 10분이야. 지금도 직원들에게 무슨 일이 생겼을지 알 수 없어."

"그럼 어떻게 돌아오려고?"

"그곳에서도 게이트는 열려."

"그럼 나도 같이 갈래."

혜원의 말에 김호철이 그녀를 보다가 입을 열었다.

"길어도 한 달……. 한 달 이내에 돌아온다. 그러니 기다려."

"오빠……."

"오빠 믿어. 반드시 돌아온다."

말과 함께 김호철이 박천수를 바라보았다.

"천수 형님."

김호철의 말에 박천수가 자신의 핸드폰을 보고 있다가 말했다.

"제주도 서쪽 50㎞ 해상에서 세 시간 후에 게이트가 열린다."

"그게 가장 빠릅니까?"

박천수가 고개를 끄덕이자 김호철의 몸으로 뇌전이 스며들었다. 소환해 놓은 몬스터를 모두 흡수한 것이다.

데스 나이트와 합체한 김호철이 박천수의 허리를 잡았다.

"갑니다."

파지직! 파지직!

말과 함께 김호철의 등에서 거대한 뇌전의 날개가 뿜어졌다.

파앗!

김호철이 땅을 박차자 그의 몸이 빠르게 하늘로 솟구치기 시작했다.

그런 김호철을 향해 혜원이 소리쳤다.

"마리아 언니! 윤희 언니! 현철 오빠! 천만 오빠! 정민이! 그리고 초아! 모두 데리고 와야 해!"

밑에서 들리는 혜원의 외침에 김호철의 날개가 더욱 강하게 뇌전을 뿜어냈다.

파지직! 파지직!

하늘 전체를 덮어버릴 것처럼 퍼져 나가는 뇌전의 날개…….

혜원의 외침에 대한 김호철의 답이었다.

'반드시…… 모두 데리고 돌아온다!'

10장
게이트를 넘어가다

김호철과 박천수는 해운대 마트에서 뭔가를 마구 사고 있었다.

"냄비와 물…… 라면, 에너지바, 초콜릿……."

마트 안에 있는 물건을 모두 사들일 것처럼 김호철과 박천수는 마구잡이로 유통기한이 긴 식료품들을 카트에 싣고 있었다.

빠르게 바다로 날아가던 김호철에게 박천수는 식량 이야기를 했다. 게이트 너머 갔을 때 어떻게 될지 모르니 식량을 가지고 가야 하는 것이 아니냐고 말이다.

생각을 해보니 박천수의 말이 옳았다. 한국에서도 게이트 너머로 보내는 보급품으로 가장 많은 것이 식량이니 말이다.

그래서 부산에 내려 식량을 담고 있는 것이다.

양이 적지만 고단백질의 음식들을 마구 실은 김호철이 계산대로 카트를 밀고 들어갔다. 그러고는 지갑에서 백만 원짜리 수표 두 장을 꺼내 계산대 위에 올리고는 급히 나갔다.

"손님! 계산!"

그런 김호철을 향해 점원이 놀라 소리쳤다. 그에 김호철이 손을 흔들었다.

"잔돈은 필요 없어요."

"하지만 손……."

돈을 아무리 많이 내도 계산은 해야 한다.

급히 점원이 따라 나오려 하자 김호철이 카트 위에 박천수를 올렸다.

"꽉 잡으세요."

파지직!

그대로 데스 나이트와 합체를 한 김호철이 카트를 들고 날아올랐다.

파지직! 파지직!

마침 열리는 자동문 사이로 김호철의 몸이 빠져나왔다. 그리고 그의 몸이 다시 하늘로 솟구치기 시작했다.

계산을 하라고 외치며 따라오던 점원이 놀란 얼굴로 그 뒷모습을 바라보았다.

“블러드 나이트…….”

박천수는 김호철이 벗어 놓은 허리띠에 음식들을 쑤셔 넣고 있었다.

“이 정도면 될까?”

“그 식량을 다 먹기 전에 동료들을 찾으면 좋겠지만…… 못 찾으면 게이트 너머로 지구에서 보내는 보급품들을 찾아서 해결하면 됩니다. 아니면 그곳에도 동물이 있을 테니 그거라도 잡아먹죠.”

김호철이 핸드폰을 바라보았다.

“카인 이 자식은 왜 이리 전화를 안 받아.”

게이트 너머로 가야 한다. 그렇다면 카인에게 정보를 듣는 것이 좋다. 그리고 게이트 너머에 있다는 카인의 나라에 도움을 받을 것이 있다면 그것도 받아야 했다.

“다 됐어.”

계속 카인에게 전화를 걸던 김호철은 박천수의 말에 고개를 끄덕이고는 문자를 보냈다.

-게이트 너머로 갑니다. 자세한 이야기는 백진 협회장님에게 들으시고 그쪽 나라에 저희에 관한 이야기를 해주십시오. 혹시라도 그쪽 나라에 가거나 도움을 받을 것이 있으면 받아야겠습니다. 물

론 공짜로 도와 달라는 것은 아닙니다. 도와준다면…… 그에 대한 보답은 몸으로 때우겠습니다.

장문의 문자를 적어 카인에게 보낸 김호철이 핸드폰을 주머니에 넣었다.

"후!"

작게 숨을 내쉬는 김호철에게 박천수가 말했다.

"가자."

그리고 자신을 안으라는 듯 손을 내미는 박천수를 보던 김호철이 손을 내밀었다.

"제 허리띠 주세요."

"허리띠?"

"박 팀장님 허리에 감겨 있는 제 허리띠요."

김호철의 말에 박천수가 힐끗 자신의 허리를 보고는 입맛을 다셨다.

"나도 모르게 허리에 차버렸네."

허리띠를 풀어 내미는 박천수를 보며 김호철이 한숨을 쉬었다.

"동료들이 사라졌는데 긴장도 안 되십니까?"

김호철이 허리띠를 매는 것을 보며 박천수가 주머니에서 초코바를 하나 꺼내 씹었다.

"생각을 해보니까. 따로따로 간 것도 아니고 다 같이 몰려 갔어. 힘 좋은 현철 형에, 천만이와 윤희…… 거기에 머리 좋은 정민이도 있지. 그뿐이야? 괴물 같은 마리아도 있어. 다 살아 있을 거야."

"만약이라는 것도……."

"만약이라는 것은 없어. 반드시 무사해. 반드시."

박천수의 말에 김호철이 그를 보다가 고개를 끄덕였다.

"박 팀장님 말이 옳습니다. 반드시 무사할 겁니다."

김호철의 말에 박천수가 초코바를 입에 집어넣고는 웃었다.

"우리가 해야 할 일은 동료들 찾아서 게이트 열리면 그곳으로 쏘옥! 들어가서 돌아오면 되는 거지. 그러니까 어서 가자. 늦게 가면 고윤희 잔소리 하루 종일 들어야 한다."

박천수가 태평해서 이런 말을 하는 것은 아니다. 아마도 동료들이 어떻게 되었다는 생각을 하기 싫어서 일부러 이렇게 별일 아닌 것처럼 말을 하는 것이다.

그런 박천수를 보던 김호철이 고개를 끄덕이고는 데스 나이트와 합체를 했다.

파지직! 파지직!

뇌전의 날개를 양쪽으로 길게 뽑아낸 김호철이 박천수를 안고는 날아올랐다.

빠르게 바다 위를 날며 김호철이 박천수를 바라보았다.

"위치 확인됐습니까?"

"10분 정도만 더 날면 될 것 같아."

"전에 보니 해안에서 열린 게이트 근처에는 해군함이 떠 있었습니다. 해군함을 찾으면 제대로 간 겁니다."

"알았어. 내가 밑을 보고 있을게."

그렇게 얼마를 날았을까 김호철은 해군함 세 척을 볼 수 있었다.

"찾았습니다!"

김호철이 가리키는 곳을 본 박천수가 안도의 한숨을 쉬었다. 핸드폰 GPS를 통해 위치를 확인하며 가고 있었지만 사실 박천수는 불안했던 것이다.

군함이 있는 곳으로 빠르게 날아가자 김호철과 박천수는 곧 강하게 밀려오는 마나의 기운을 느꼈다. 제대로 찾아온 것이다.

"곧 열릴 것 같네요."

"아직 20분 정도 남았는데……. 오차가 있기는 하니까. 위치에서 대기하자."

박천수의 말에 김호철이 고개를 끄덕이고는 해군함을 지나치며 마나가 강하게 느껴지는 곳으로 빠르게 날아가기 시작했다.

“마나…… 가 대단하네요.”

게이트가 열릴 곳으로 다가갈수록 김호철은 거대한 마나의 기운을 느꼈다.

“게이트가 열리는 장소의 마나가 가장 응축이 되니까. 하여튼 대단하네.”

게이트 가까이 접근하는 것은 위험하고 잘못하면 빨려 들어갈 수도 있다. 그래서 헌터나 SG들은 적당히 거리를 두고 마나를 흡수한다. 그렇기에 박천수도 이렇게 게이트에 가까이 접근해 본 적은 이번이 처음이었다. 때문에 이렇게 농도가 짙은 마나를 호흡하는 것도 처음이었다.

대단하다는 듯 중얼거리는 박천수를 보며 김호철이 숨을 골랐다. 숨과 함께 거대한 마나가 몸 안에 흡수되는 것을 느낀 김호철이 정신을 집중했다.

‘칼…… 마나 빨아들여.’

김호철의 말과 함께 칼이 그의 마나를 빠르게 흡수하기 시작했다.

화아악! 화아악!

칼이 빨아들이는 마나에 김호철은 빠르게 마나가 줄어드는 것을 느꼈다. 하지만 그것은 다시 빠르게 회복이 되었다. 게이트에 다가갈수록 흡수되는 마나의 양이 기하급수적으로 불어나고 있었다.

'최대한 마나를 많이 흡수한 상태로 넘어가야 한다.'

아르카디안에서 게이트가 열리는 것은 일정 수의 몬스터가 한 지역에 몰릴 때라고 했다. 그리고 카인은 게이트를 통해 넘어간 지구인들은 모두 죽었을 것이라 했다. 게이트를 통해 지구로 몬스터들이 빨려가도 그들은 일부일 뿐이라며 말이다.

즉, 게이트를 통해 넘어가면 수많은 몬스터에게 포위가 될 것이다. 그때를 대비해 최대한 마나를 흡수하고 몬스터를 뽑아 놓은 상태로 게이트를 넘어가야 했다.

그런 생각을 하던 김호철의 머리에 한 가지 생각이 떠올랐다.

'와이번이 있지.'

와이번이라면 그 등에 골렘은 안 되더라도 자신의 몬스터들을 모두 싣는 것이 가능할 것이다. 그렇다면 몬스터를 모두 소환해 놓은 상태로 게이트를 넘어갔을 때 마나도 가득 채울 수 있다.

'문제는 와이번 놈이 말을 듣느냐 마느냐겠지.'

속으로 중얼거린 김호철이 가고일을 하나 소환했다.

"가고일에게 잠시 안겨 있으세요."

"너는?"

"와이번을 소환할 겁니다."

"와이번?"

"설명할 시간 없습니다. 잘못되면 와이번부터 때려잡고 게이트를 넘어가야 하니까요."

말과 함께 김호철이 가고일을 향해 박천수를 던졌다.

"허억!"

놀라 급히 손을 내민 박천수가 가고일의 손을 잡았다.

탁!

그리고 김호철에게 불만을 토하기 위해 입을 열려던 순간 그의 눈에 거대한 와이번이 들어왔다.

"와이번……."

박천수가 중얼거리는 소리를 들으며 김호철은 자신이 소환을 한 와이번을 바라보았다.

"크르릉!"

와이번은 낮게 울음을 토하며 김호철의 앞에서 날개를 펄럭이고 있었다.

거대한 몸집만큼이나 거대한 날개를 펄럭이는 와이번을 보며 김호철이 정신을 집중했다.

"뒤로 물러나."

김호철의 명령에 와이번이 날개를 펄럭이며 그를 주시했다.

화아악! 화아악!

와이번의 날갯짓에 따라 주위로 검은 기운이 물씬 뿜어져 나갔다. 김호철이 데스 나이트와 합체를 한 상태라 와이번의 속성이 암(暗)인 것이다.

"뒤로 물러나!"

강한 명령과 함께 김호철의 몸에서 검은 마나가 피어오르기 시작했다.

화아악!

위압적인 김호철의 모습. 만약 와이번이 자신의 명령을 듣지 않는다면 때려죽이려는 것이다. 아무리 와이번이 A급 몬스터고 게이트 삼대장 중 하나라 해도 마나가 넘쳐흐르는 상태의 김호철에게는 그저 조금 크고 날개 달린 닭둘기나 마찬가지였다.

그런 김호철의 위압에 와이번이 천천히 날개를 펄럭이며 뒤로 물러나기 시작했다.

"멈춰!"

김호철의 명령에 와이번이 천천히 멈췄다. 자신의 명령을 따르는 것이다.

김호철이 미소를 지었다.

"착한 놈."

그러고는 김호철이 박천수를 안고 있는 가고일과 함께 와이번의 등으로 올라갔다.

탓탓!

펄럭! 펄럭!

와이번의 날갯짓과 함께 흔들리는 등에 내려선 김호철이 박천수를 바라보았다.

"균형 잡을 수 있겠습니까?"

김호철의 말에 박천수가 담배를 한 개비 꺼내 입에 물었다.

"후우우우!"

박천수의 입에서 뿜어진 담배 연기가 강한 바람에도 흩어지지 않고 와이번의 등에 낮게 깔렸다. 그리고 박천수의 다리를 감싸더니 와이번의 등에 고정을 했다.

"안 떨어질 테니까. 난 걱정하지 마."

박천수의 말에 고개를 끄덕인 김호철이 손을 내밀었다.

화아악! 화아악!

김호철의 손에서 검은 기운들이 뿜어지며 몬스터들이 하나둘씩 모습을 드러냈다.

"서로 몸을 기대고 바닥에 납작 엎드려 있어."

김호철의 말에 몬스터들이 바닥에 엎드렸다. 그런 몬스터들을 보며 김호철이 앞을 바라보았다.

"준비는 끝났다."

몬스터는 모두 뽑았고, 칼은 마나를 듬뿍 흡수한 상태다. 거기에 김호철 그 자신도 마나가 충만해 있다. 이그니스의 힘을 1분 이상은 뽑아낼 수 있을 만큼 말이다.

'어떤 놈들이 달려들어도 자신 있다.'

속으로 중얼거리며 김호철이 게이트가 열릴 곳으로 다가갔다.

게이트의 중심을 찾는 것은 어렵지 않았다. 가장 마나의 농도가 짙은 곳, 그리고 마나의 빛이 모여들고 있는 곳이 바로 게이트의 중심일 것이니 말이다.

"크으윽! 이것도 꽤 힘든데."

박천수의 고통에 찬 음성에 김호철이 그를 바라보았다.

박천수는 몸에 들어오는 강한 마나의 기운이 버거운 듯 얼굴이 붉게 달아올라 있었다.

"힘드시면 능력을 사용하셔서 마나를 소진하세요. 그렇게 하면 조금 버틸 만할 겁니다."

김호철의 말에 박천수가 무슨 생각이 들었는지 담배 세 개비를 꺼내 한 번에 불을 붙였다.

그리고…….

"흡!"

박천수가 숨을 강하게 들이마시자 담배 세 개비가 빠르게 연소되기 시작했다. 단숨에 담배 세 개비를 빨아들인 박천수가 강하게 담배 연기를 뿜어내기 시작했다.

화아악!

그러자 박천수의 몸 주위로 연기의 화살들이 나타나기 시작했다.

"이제 좀 괜찮네."

박천수의 말에 고개를 끄덕인 김호철이 입을 열었다.

"준비하세요. 이제 열립니다."

마나의 기운이 갑자기 거세지는 것에 김호철이 신호를 주자 박천수 역시 긴장된 얼굴로 앞을 주시했다.

그리고…….

번쩍!

섬광과 함께 김호철과 박천수, 그리고 몬스터들이 빛에 휩싸이기 시작했다.

번쩍!

너무나 밝은 빛에 순간 시야를 잃었던 김호철은 점점 시야가 돌아오는 것을 느꼈다.

그리고…….

김호철의 눈에 들어온 것은 끝을 알 수 없이 넓게 펼쳐진 산과 숲이었다.

"크윽!"

옆에서 들리는 박천수의 신음에 김호철이 그를 바라보았다.

"괜찮습니까?"

"눈이 좀 시려서 그래."

눈을 비비던 박천수가 주위를 바라보았다.

"산 엄청 크네. 끝이 안 보여."

"그러게요."

말과 함께 김호철이 와이번의 등을 박차며 하늘로 솟구쳤다. 주위를 더 멀리 보려는 것이다.

"그런데…… 게이트가 또 열리려는 건가?"

주위를 보던 김호철은 박천수의 말에 그를 돌아보았다.

"왜요?"

"마나가 강하게 느껴지잖아."

박천수의 말에 김호철이 숨을 크게 들이마셨다. 그러자 몸 안에 스며들어 오는 마나의 강한 기운이 느껴졌다.

"마나가 강하네요. 하지만 방금 게이트가 열렸는데 또 열릴 일이……."

말을 하던 김호철이 고개를 끄덕였다.

"그렇군요."

"왜?"

"아르카디안의 마나가 지구로 유입되고 있다 했어요. 그 말은 이곳 아르카디안의 마나가 지구보다 월등히 많다는 것 아니겠습니까?"

김호철의 말에 박천수가 놀란 듯 그를 바라보았다.

"그럼 이게 평소 아르카디안의 마나 농도라는 말이야?"

"그렇겠죠. 대단하네요. 이 정도 마나가 늘 유지되는 곳이라니."

김호철이 감탄에 박천수가 안도의 한숨을 쉬었다.

"그나마 다행이군."

"왜요?"

"지구와는 비교도 할 수 없는 마나 농도야. 그 말은 마리아와 직원들이 흡수하는 마나의 양도 많아졌다는 말이니 그들이 살아남을 확률이 더 커졌다는 말이야."

"그렇군요."

김호철도 다행이라는 듯 고개를 끄덕이고는 주위를 둘러보았다. 게이트를 넘어오면 바로 몬스터들이 공격을 할 것이라 생각했는데 조용했다.

'몬스터들이 있다고 했는데……. 하늘 위라서 그런가?'

와이번 위로 올라간 김호철이 주위를 둘러보았다. 저 하늘 한쪽에 시커먼 것들이 날아다니는 것을 보니 비행형 몬스터 같았다. 그리고 아래 땅 쪽에도 몬스터들이 보였다. 그것도 바글바글했다.

하늘을 올려다보며 흉폭한 울음을 토하고 있는 몬스터들을 보던 김호철이 사방을 둘러보았다. 산맥 이곳저곳에 지구에서 빨려 들어온 듯한 건물들이 보였다.

"지구 건물들이 보이는데 좀 더 높이 올라가서 보면 저희 카페 건물이 보일지도 모르겠습니다."

"그런데 저거…… 다가오는 건가?"

박천수의 말에 김호철이 그가 가리키는 곳을 바라보았다. 하늘에서 뭔가가 다가오고 있었다.

"와이번?"

다가오고 있는 것은 와이번이었다. 그것도 네 마리가 김호철을 향해 날아오고 있었다.

펄럭! 펄럭!

날개를 펄럭이며 날아오는 와이번을 보며 김호철이 다니엘을 향해 말했다.

"네가 몬스터들 활용해서 전투를 하고 천수 형님 위험하지 않게 잘 지켜드려."

김호철의 말에 다니엘이 고개를 끄덕이고는 창을 들어 올렸다. 그리고 그런 다니엘의 뒤로 가고일 하나가 다가왔다. 언제든지 하늘로 날아오를 수 있게 준비를 하는 것이다.

그런 다니엘을 보며 김호철이 해머를 만들었다.

화아악!

해머를 손에 쥔 김호철이 와이번의 등을 박차며 날아올랐다.

파앗!

파지직! 파지직!

뇌전의 날개를 늘어뜨리며 김호철이 다가오는 와이번을 향해 빠르게 날아갔다.

펄럭! 펄럭!

거대한 날개를 펄럭이며 날아오는 와이번을 보며 김호철이 해머를 강하게 움켜쥐었다.

"빠르게 죽여야 해."

김호철의 말에 해머를 쥔 손에 힘이 들어갔다. 그리고 김호철의 몸이 더 빠르게 와이번을 향해 쏘아져 갔다.

파지직! 파지직!

"크아앙!"

김호철이 날아오는 것에 와이번이 괴성을 지르며 입을 크게 벌렸다. 단숨에 김호철을 물어뜯어 버리겠다는 듯이 말이다.

아가리를 쫘악 벌리고 날아오는 와이번의 입으로 김호철의 몸이 쏘아져 들어갔다.

'뭐야?'

왜 와이번의 입으로 들어가나 하는 생각도 잠시 김호철은 곧 자신의 몸을 감싸는 와이번의 살과 체액들로 숨을 쉴 수가 없었다.

'우욱!'

김호철은 투구 안으로 들어오는 체액의 역하고 더러운 느낌에 토할 것 같았다.

파지직! 파지직!

김호철의 날개에서 강한 뇌전이 뿜어져 나갔다.

"크아아앙!"

체내에서 쏟아지는 뇌전에 와이번이 허공에서 몸을 뒤틀더니 그대로 떨어져 내리기 시작했다.

그와 동시에 김호철의 몸이 와이번의 몸을 뚫고 빠져나왔다.

파앗!

쏴아악!

와이번의 몸에서 빠져나오는 김호철의 몸에서 진득한 체액과 살점들이 주르륵 흘러내리기 시작했다.

"냄새……."

역한 냄새에 토할 것 같은 기분을 느끼는 김호철이었지만 그의 몸은 다시 빠르게 솟아올랐다.

쏴아악!

김호철의 몸 아래로 와이번의 머리가 빠르게 지나갔다. 와이번은 하나가 아닌 것이다. 그리고 김호철의 몸이 휙 회전을 하며 해머를 휘둘렀다.

퍼억!

김호철의 해머가 그대로 와이번의 목을 후려쳤다.

퍼엉!

와이번의 목이 그대로 터져 나가며 머리가 그대로 떨어졌다.

쏴아악!

터져 나간 목에서 피가 쏟아졌다.

김호철의 몸은 빠르게 다른 와이번을 찾아 회전했다.

주위를 살피던 김호철이 곧 몸을 멈췄다. 순식간에 와이번 두 마리가 죽는 것을 본 다른 와이번들이 급히 도망을 치고 있었다. 김호철에게 덤비면 죽는다는 것을 인식한 듯 빠르게 말이다.

빠르게 도망을 가는 와이번을 향해 칼이 몸을 움직이려 했다.

"그만 돌아간다."

이곳 몬스터를 모두 죽이러 온 것이 아니다. 행복 사무소 직원들을 찾기 위해서 온 것이다.

칼의 행동을 멈추게 한 김호철이 박천수가 있는 곳으로 돌아가다가 문득 땅을 바라보았다. 땅에는 그가 죽인 두 마리 와이번의 사체가 떨어져 있었다.

'이 녀석들도 마나석이 있나?'

마나석을 팔고자 하는 생각보다는 언제 마나가 필요할지 모른다. 지금이야 마나가 충만한 상태지만 내일도 지금처럼 마나가 충만할지 모르는 것이다. 그래서 와이번 마나석을 챙길까 하는 생각이 드는 것이다.

"저 와이번 사체에 마나석이 있을까?"

자신에게 하는 말이 아니라 칼에게 묻는 말이다. 김호철의 말에 칼이 고개를 저었다. 물론 고개를 젓는 것은 김호철의 몸이지만 말이다.

"없다?"

칼의 행동에 김호철이 자빠져 있는 와이번의 사체를 내려다보았다. 와이번의 사체에 어느새 몬스터들이 몰려들어 살을 뜯어 먹고 있었다.

그것을 보던 김호철이 몸을 돌려 박천수가 있는 곳으로 날아갔다.

와이번 등에 내려선 김호철은 박천수의 얼굴이 굳어져 있는 것을 볼 수 있었다.

"왜 그러세요."

"와이번…… 네 마리가 몰려다니다니."

"제가 잡았으니 걱정하지 마세요."

김호철의 말에 박천수가 고개를 저었다.

"아무리 마리아라도 와이번은 강한 몬스터야. 일행들을

빨리 찾아야 한다.”

박천수가 걱정한 게 뭔지 안 김호철의 얼굴도 굳어졌다.

지금 땅 밑에 있는 몬스터들도 상당하다. A급 몬스터도 꽤 보이고 말이다. 마리아가 강하다 해도 A급 몬스터 다수를 상대할 수 없다. 거기에 윤희와 다른 이들을 생각한다면…… 더욱.

그에 김호철이 와이번을 더 높게 상승시켰다. 높은 곳에서 더 먼 곳을 보기 위해서 말이다.

“가고일, 너희들도 주위를 날면서 우리 집 있는지 살펴.”

김호철의 말에 가고일들이 사방으로 퍼져 나가며 주위를 살피기 시작했다.

펄럭! 펄럭!

날개를 펄럭이며 주위를 살피는 김호철의 눈에 박천수의 주위를 떠다니는 연기 화살들이 뭉치는 것이 보였다. 거기에 박천수가 다시 담배를 피우자 담배 연기들은 더욱 커지기 시작했다.

그렇게 몇 대의 담배를 연신 피워대던 박천수가 기침을 하기 시작했다.

“콜록! 콜록!”

아무리 담배로 능력을 발현한다 해도 이렇게 줄담배를 계속 피우니 속이 안 좋은 것이다. 하지만 박천수는 담배를 피우는 것을 멈추지 않았다.

'무슨 생각이시지?'

김호철이 의문 어린 눈으로 박천수를 볼 때 그가 담배 연기에 손을 집어넣었다. 그리고 눈을 감은 채 정신을 집중하자 담배 연기가 솟구치기 시작했다.

하늘로 솟구친 담배 연기가 물방울 모양을 만들어냈다.

"아!"

그제야 김호철은 박천수가 무엇을 한 것인지 알았다. 자신들이 마리아 일행을 찾듯이 그들이 자신들을 발견하고 신호를 주기를 원하는 것이다. 물방울 문양은 바로 행복 사무소의 문양이니 말이다.

"좋은 생각입니다."

"보고 신호를 주면 좋겠는데……."

박천수의 말에 김호철이 문득 자신의 손을 바라보았다.

화아악!

손에 끼어져 있던 데스 나이트 장갑이 흩어지며 그의 손바닥이 드러났다.

그의 손바닥에는 행복 사무소 직원임을 상징하는 물방울 문양이 그려져 있었다.

그것을 보던 김호철이 박천수에게 말했다.

"우리도 이 문양을 통해 메시지를 보낼 수 있으면 좋을 텐데…….”

“그건 마리아만 할 수 있어.”

“그러니까 말입니다.”

입맛을 다시며 김호철이 다시 주위로 시선을 돌렸다. 땅을 이리저리 살피던 김호철이 문득 자신의 복부를 손으로 쓰다듬었다.

‘그러고 보니 게이트를 통과한 생명체는 마나석이 몸에 생기는 것 같은데……. 그럼 나도 마나석이 생긴 건가?’

갑옷 위로 배를 쓰다듬던 김호철이 박천수를 바라보았다.

“몸에 마나석이 생겼을 것 같은데……. 느낌 없습니까?”

“마나석?”

“아까 잡은 와이번에게는 마나석이 없더군요. 와이번 정도면 마나석이 있어야 당연한 건데, 아마 게이트를 넘어가지 않은 와이번이라 마나석이 없는 것 같습니다.”

“흠…… 게이트를 통과한 아르카디안인도 마나석이 생겼지. 그럼 우리도 마나석이 생겼을 수 있겠네?”

자신의 몸에 마나석이 생겼을 수도 있겠다는 생각에 박천수가 자신의 몸을 훑어보았다.

“마나석이 보통은 배에 많이 들어 있는데…….”

박천수가 자신의 배를 쓰다듬다가 정신을 집중했다. 그러자 그의 왼쪽 복부 밑에서 희미한 빛이 흘러나오기 시작했다.

"헐…… 진짜 마나석이 있네."

"여기요?"

김호철이 빛이 흘러나오는 배를 가리키자 박천수가 고개를 끄덕였다.

"정신 집중하면 네 몸에 있는 마나보다 조금은 단단한 느낌의 기운이 뭉쳐 있는 곳이 있어. 거기가 마나석이 있는 곳이다."

박천수의 말에 김호철이 정신을 집중했다.

'복부, 기운, 마나석…….'

속으로 세 가지 단어를 중얼거리며 정신을 집중하자 김호철은 몸에서 느껴지는 뭔가 익숙하면서도 낯선 기운이 느껴졌다. 다만…… 그 기운이 엄청나게 많이 느껴졌다.

'이게 내 마나석의 기운?'

마나석이 있을 것이라 짐작되는 배를 손으로 쓰다듬어 본 김호철이 문득 고개를 갸웃거렸다.

'이 마나석도 내 기운의 일종이라면…… 지금 내 기운을 다 쓰고 나면 이 마나석에 있는 기운도 쓸 수 있나?'

자신의 몸에 있는 마나석의 힘을 쓸 수 있다면…… 나이스다. 싸우다 보면 늘 부족한 마나의 힘을 몸에 있는 마나석으로 대체할 수 있을 테니 말이다.

마나석의 기운을 뽑아볼까 생각을 하던 김호철이 고개를 저었다. 어차피 지금도 충만한 마나다. 마나석의 마나까지 뽑아볼 이유는 없는 것이다.

잠시 자신의 배를 손으로 쓰다듬던 김호철이 와이번의 몸을 박차며 솟구쳤다.

"저는 밑에서 주위를 살펴보겠습니다. 천수 형님은 위에서 살펴보세요."

"그렇게 해."

박천수의 말에 고개를 끄덕인 김호철이 땅을 향해 떨어져 내렸다. 높은 곳에서는 멀리 볼 수 있지만 자세히 볼 수 없다. 그래서 밑에서부터 찾으려는 것이다.

to be continued

포텐
POTENTIAL
어떤 사물에는 그것을 오랜 기간 사용한
사람의 잠재된 능력이 고스란히 담긴다.
그리고 난 그것을 사용할 수 있다.
천재 디자이너, 죽은 이도 살리는 명의,
감성을 울리는 피아니스트, 바람기 가득한 첩보원.
그 누구라도 될 수 있다. 단, 애장품만 있다면!
달인의 눈으로 세상을 바라보는,
유쾌한 민호의 더 유쾌한 애장품 여행기!